FRÉDÉRIC VALIN

RANDGRUPPEN-MITGLIED

ERZÄHLUNGEN

VERBRECHER VERLAG

Erste Auflage
Verbrecher Verlag Berlin 2010
www.verbrecherei.de

© Verbrecher Verlag 2010
Einbandentwurf: Sarah Lamparter
Satz: Christian Walter

ISBN: 978-3-940426-58-1

Printed in Germany

Der Verlag dankt Rima Hussein

Für den W.

Frau Nachtweih wünscht zu sterben

»Ich wünschte, Sie würden mir helfen«, sagt sie immer in den Raum hinein. »Aber Sie helfen mir ja nicht.«

Das hat sie morgens immer gesagt, wenn sie noch im Bett lag. Sie kommt nicht mehr alleine aus dem Bett, trotz der Schiene, die da an der Wand festgeschraubt ist. Am Anfang hab ich sie noch jeden Morgen versuchen lassen, von alleine aus dem Bett zu kommen, aber inzwischen kann ich das nicht mehr. Sie sieht immer so verzweifelt aus, wenn sie schweißgebadet zurück in ihr Kissen fällt und schnauft. Sie schaut sich dann immer so anklagend im Zimmer um, das bricht einem das Herz. Das alles. Das sind Momente, da fängt mir alles an leidzutun.

Ihr Zimmer ist weiß, kahl, es riecht nach Desinfektionsmittel. Frau Nachtweih ist noch nicht sehr lange hier, vielleicht zwei Monate. Sie hat noch viel Zeit, sich einzugewöhnen, sehr viel Zeit, ihr ganzes restliches Leben. Sie hat sich inzwischen ein paar Postkarten mitbringen lassen, impressionistische Kornblumenfelder und Berge und Kirchen und provenzalische Natur. Die hat sie sich über ihren Schreibtisch geklebt, vier Postkarten für achtzehn Quadratmeter. Der Rest der Wand ist frei, frisch gestrichen, wie bei jedem Neueinzug. Den meisten wird erst nach Monaten klar, dass das hier die Endstation ist, ab jetzt geht's nicht mehr weiter, bitte alle aussteigen. Dass sie sich jetzt arrangieren werden müssen, dass sie jetzt werden umgehen lernen müssen mit ihrem Erblinden oder der Lähmung oder dem Verstummen. Hier ist Endstation, »Sense«, wie Albert immer sagt. Oder er sagt: »Finito.«

Frau Nachtweih ist mein Fall. Albert hat den Hasenberger gekriegt, das war der Vorletzte, jetzt hab ich die Nachtweih. Fünfundvierzig, Schlaganfall, Halbseitenlähmung links, depressiv und infolge von Fresssucht übergewichtig. Steht alles so in der Krankenakte.

Frau Nachtweih liebt Shostakovich. Manchmal sitzt sie an ihrem Balkon in ihrem kleinen Rollstuhl, schaut in die Sonne, isst ein Marmeladenbrot nach dem anderen und weint stumm. Währenddessen hört sie Klassik, Shostakovich oder Satie, manchmal Mozart. Ich kenn mich da nicht aus, ich muss jedes Mal nachfragen. Dann dreht sie sich zu mir hin, und ihr laufen die dicken Tränen über die pausbäckigen, geröteten Wangen. »Da hab ich früher drauf getanzt«, hat sie mal gesagt, und ihre Stimme war ganz weich und klar. Sie schluchzt nie, sie schüttelt sich auch nicht, sie lässt einfach Wasser aus ihren Augen laufen, als wäre das ein ganz natürlicher Vorgang.

Man hat schon das Bedürfnis, sie in den Arm zu nehmen, aber das will sie nicht, nie. Es wäre auch unprofessionell, klar, aber wenn sie dasitzt und ihr das Wasser über die Wangen läuft, da gibt es einen Impuls, sie in den Arm zu nehmen und irgendwas zu flüstern. Irgendwas Erlogenes. Dass alles wieder wird und es nicht so schlimm ist und, ja. Aber wenn man in ihre Nähe kommt, denk ich immer, wenn sie ein Beil hätte, würde sie's mir in den Oberschenkel hacken. Wenn ich zu lang im Zimmer bin, fängt sie an, sich panisch zu räuspern. Manchmal fragt sie, was ich denn noch wolle, ob ich nicht endlich verschwinden könne. Einmal hat sie auf den Balkon gespuckt, als ich aus dem Bad kam, und mich dann lange angesehen. Die alte Hexe.

Trotzdem, die Nachtweih ist mir lieber als der Hasenberger. Ich mag die Irren nicht. Die mit den Frontalhirnschäden, wie den Hasenberger. Bei Frontalhirnschäden ist der Charakter kaputt. Frontalhirnschäden passieren oft bei Autounfällen, wenn sich die Leute nicht angeschnallt haben und irgendwo gegengefahren, mit alten Autos ohne Airbag. Oder bei Fahrradunfällen. Dann hauen sich die Leute die Stirn gegen das Lenkrad oder den Boden und bluten sich vorne den Kopf voll. Und wenn sie aus dem Koma wieder aufwachen, sind sie plötzlich Arschlöcher.

Der Hasenberger zum Beispiel, das muss früher wirklich ein Netter gewesen sein. Meint seine Frau, wenn sie jeden zweiten Sonntag zu Besuch kommt und nach einer halben Stunde heulend im Teamzimmer sitzt, weil sie es bei ihrem Mann nicht mehr aushält. Früher war er ein lieber Papa und Geschäftsführer in irgendeinem mittelständischen Unternehmen, da hatte der viel Humor und war rücksichtsvoll und all die Sachen, die man braucht, um ein nützliches und liebenswertes Mitglied der Gesellschaft zu sein. Davon ist nichts mehr übrig. »Null komma null«, sagt Albert immer. Oder: »Niente.«

Der Hasenberger wäscht sich nicht mehr. Hat er einfach drangegeben. Normalerweise muss Albert ihn waschen, der Hasenberger ist ja seiner. Doch wenn Albert frei hat oder krank ist, dann mach ich den Hasenberger, die anderen im Team sind schon länger da, deswegen krieg ich die unangenehmen Fälle. Morgens muss man mit dem Hasenberger duschen gehen. Bloß: Das will der nicht. Ausgeschlossen, den auch nur in die Nähe der Dusche zu kriegen. »Lieber geh ich ins KZ, du Arschloch!«, schreit er immer, wenn man morgens mit Handtuch und Seife vor seiner Zimmertür steht. »Was willst du eigentlich von mir, ich bin doch nicht dein beschissenes Kleinkind, ich bin 43 Jahre alt, du Arschloch! Ich kann selbst entscheiden, wann ich dusche!« Wenn man dann zu ihm ins Zimmer kommt, kriegt man eine rein. Und auch wenn sein Frontalhirn hinüber ist, stark ist der Hasenberger immer noch.

Deswegen haben wir uns da was überlegt. Wir machen das inzwischen so: Morgens um sechs klauen wir ihm die Klamotten aus dem Zimmer und legen ihm das Handtuch rein. Die Klamotten kriegt er erst wieder, wenn er duschen war. Der Hasenberger schläft immer nackt, und in seinem Zimmer ist keine Dusche. Ich glaube, sowas kriegen inzwischen nur noch Privatpatienten. Die Dusche ist drei Türen weiter. Deswegen muss der Hasenberger, wenn er aufwacht, nach uns klingeln. Manchmal will er nicht, dann sitzt er den ganzen Tag in seinem Zimmer und raucht. Aber meistens ruft er uns, kriegt einen Bademantel und geht kurz duschen. Wir müssen mitgehen und zusehen, weil der Hasenberger, wenn wir das nicht machen, einfach in der Dusche das Wasser anstellt, ohne sich drunterzustellen. Wenn er dann tatsächlich fertig geduscht hat, kriegt er seine Kleidung wieder, damit er rauskann.

Das ganze Haus ist ein Dorf voller Irrer. Wer hier normal reinkommt, geht geistesgestört wieder heim. Wobei, Haus trifft es nicht wirklich, es ist eigentlich ein riesiger Gebäudekomplex, 60er Jahre, sogar die Blumenkübel sind aus Beton, Gehwege, Straßen, Wände, Blumenbeetumrandungen, alles Beton.

Dreieinhalbtausend Leute wohnen hier, alle behindert oder bekloppt oder beides. Schlaganfälle, Mongoloide ... ach, das darf man ja nicht mehr sagen. Down-Syndromatiker, Autisten, Querschnittslähmungen, der ganze Scheiß, von jedem eine Abteilung voll. Ums Eck gibt's einen Haufen Integrationsmaßnahmen, im ganzen Viertel verteilt, hier wohnen nur noch Rentner und Behinderte. Der Hirntumor-Italiener, der hat zum Beispiel mit viel Staatskohle eine Eisdiele ums Eck aufgemacht. Da steht er jetzt hinterm Tresen, und weil er die Kontrolle über weite Teile seiner Gesichtsmuskulatur verloren hat, sabbert er dauernd in die Eiskübel, vor allem in den mit Vanille.

Ich wohne außerhalb, zehn Minuten mit der Bahn, zehn Minuten bis mitten ins Irrendorf. Die haben mir damals eine Wohnung auf dem Gelände angeboten, ruhig, groß, billig und mit Blick auf den Park. War 'ne schöne Wohnung, aber das kann man nicht machen: Den ganzen Tag, die ganzen 24 Stunden, sieben Tage die Woche und jede verdammte Woche im Jahr von Behinderten umgeben zu sein, das hält keiner aus. Man muss schon auch mal normale Leute sehen, sonst drehst du durch. Das macht einen wahnsinnig.

Die Leute kommen aus der Reha zu uns, erst Rehabilitation, dann die SHT-Abteilung. In der Reha machen sie Fortschritte, da geht was vorwärts, plötzlich lässt sich dieser Muskel wieder bewegen oder jenes Wort wieder sagen, da regeneriert sich der Körper. Halbes Jahr Reha, und es ist schon einiges weg an

Symptomen, der Körper kriegt wieder mehr gebacken. Die meisten kommen zu uns und glauben, das wird schon alles irgendwie wieder, der Körper macht das schon, irgendwann braucht es den Rollstuhl nicht mehr, irgendwann spüre ich mein linkes Bein wieder, irgendwann. Den meisten ist klar, dass es nicht mehr so werden wird wie vorher, nie wieder. Aber weil es bisher so schnell vorwärts ging, denken sie: So geht's jetzt weiter.

Und dann kommen sie zu uns. Endstation, Sense, finito. Das war's. Ab jetzt gilt es, mit der Behinderung umzugehen, und nicht mehr, die Behinderung wegzumachen. Jetzt müssen sie mit dem »Status Quo« leben lernen. Manche brauchen zwei Tage, um zu begreifen, dass das hier das Abstellgleis ist, andere Monate. Je länger einer braucht, desto beschissener geht es ihm. Frau Nachtweih geht es seit drei Monaten sehr beschissen.

Die meisten, die hier ankommen, werden innerhalb eines Monats von ihren Partnern verlassen. Die begreifen viel schneller, dass das hier das Ende der Sackgasse ist. Die haben die Reha mit durchgestanden, weil sie ein schlechtes Gewissen hatten und dachten, das halbe Jahr Zuversicht und Unterstützung sind sie dem anderen schuldig. Die meisten sind allerdings drei Wochen nach der Hirnblutung schon auf irgendwelchen Datingportalen unterwegs. Ist ja auch keine einfache Situation für die Partner, wenn der andere plötzlich statt Hirn nur noch Blutwurst unter der Schädeldecke hat. Das hält man vielleicht ein halbes Jahr aus, und dann ist man froh, wenn man woanders unterkommt.

Die Leute hier bekommen wenig Besuch, hin und wieder kommen die Eltern, wenn sie noch leben, oder die Geschwister, falls sie welche haben. Im Krankenhaus bekommt man einen Haufen Blumen ans Bett gestellt, da schauen die Arbeitskollegen rein, Verwandte, Bekannte und Freunde. Nach zwei Wochen versiegt der Strom, irgendwann kommen nur noch Eltern und beste Freunde täglich, wöchentlich. Und irgendwann kommen die besten Freunde einmal im Monat. Und irgendwann kommen sie überhaupt nicht mehr, an Weihnachten und am Geburtstag kommt noch eine Karte. Nach zwei Jahren hat sich das auch. So ist das, wenn ein Lebensfaden zerfasert.

In diesem Irrenghetto arbeite ich in der SHT-Abteilung, das heißt Schädel-Hirn-Traumatiker. Hier kommen Leute her, bei denen der Kopf hinüber ist oder Teile des Kopfes. 35 Leute auf zwei Stockwerken, drei Pfleger pro Schicht, einer für unten, zwei für oben. Wir haben hier von jeder Sorte ein paar, Halbseitenlähmungen natürlich, die Charaktergestörten, ein paar Sprachlose. Bei denen ist das Sprachzentrum explodiert. Das heißt, Mund und Zunge funktionieren noch, und sie wissen auch, was sie sagen wollen, aber die Übersetzerstelle von Gedanke zu Wort, die ist nicht mehr besetzt. Deswegen brabbeln die nur noch, schreiben können sie auch nicht mehr. Sie sind in ihrem Kopf eingesperrt, weil ein Relais nicht funktioniert. Die Sprachlosen sind normalerweise keine angenehmen Zeitgenossen. Sehr leicht reizbar sind die, die fahren sofort aus der Haut, wenn man nicht gleich versteht, was sie brauchen.

Wir haben auch kompliziertere Fälle, den Bartel zum Beispiel, der ist früher mal ein erfolgreicher Geschäftsmann gewesen. Bei dem ist was … was seltsames passiert. Schlaganfall bei 200 auf der Autobahn, ab ins Feld mit der Karre, sein Audi hat sich mindestens sieben Mal überschlagen. Glück gehabt, könnte man sagen, nur drei isolierte Blutungen im Hirn. Der kann so gut wie gar nichts mehr. In seinem Hirn funktioniert der Knopf nicht mehr, der beim Essen sagt:

Jetzt müssen wir mal den Kehlkopfdeckel runterlassen, damit uns keine Essensreste in die Lunge kommen, die dort zu schimmeln anfangen. Deswegen hat der Bartel jetzt ein Tracheostoma, das ist ein permanenter Luftröhrenschnitt. Der atmet durch den Hals. Essen darf er auch nicht mehr, sondern wird über eine Magensonde ernährt. Der wird nie wieder essen können, und was macht er den ganzen Tag? Geht ins Netz und druckt sich Rezepte aus. Der hat zwei Regale voll mit Leitzordnern, alles voller Rezepte, alles fein geordnet nach Vorspeise, Hauptspeise, Salat, Nachspeise, Backwaren, Suppen, Süßigkeiten, kleinen Happen für zwischendurch, sogar Getränke hat der, Cocktails, Anleitungen zum Bierbrauen, der weiß, wie man den besten Obstler aus den Äpfeln kriegt, aber er kann's keinem mehr erzählen. Trinken sowieso nicht.

Ich weiß auch nicht, warum die Leute sich so quälen. Der Kowalski hat immer noch seine alten Kreuzworträtselbücher auf dem Klo liegen. Der Hasenberger erzählt jeden Sonntag beim Kaffeetisch, dass er bald nach Australien fliegen wird und zeigt dann Fotos von Ayers Rock, dem Opernhaus in Sydney und der Saint Patrick's Cathedral rum. Ich hatte noch überlegt, ob ich ihm sage, dass seine Kirche in New York steht, doch das macht auch keinen Unterschied. Denn wenn Hasenbergers Hirn nur einen halben Kilometer über den Meeresspiegel kommt, wird es aus allen Ecken bluten. Der kann nie wieder in ein Flugzeug steigen, ohne dass er schon im Anflug tot aus dem Sessel kippt. Das weiß er auch. Das weiß er ganz genau. Und die Nachtweih macht den ganzen Tag nichts anderes, als sich alte Fotos anzuschauen, wie sie damals in Seoul auf dem Eis herumgehüpft ist in ihrem kurzen Röckchen. Und wie sie gestrahlt hat mit Blumen in der Hand.

Ja, die Nachtweih. »Helfen Sie mir doch«, sagt sie immer, »so helfen Sie mir doch.« Ich komm ja schon, ich bin gleich da. Anfangs war mir das unangenehm, diese körperliche Nähe. So ein gelähmter Arm ist ganz weich, alles sieht angeschwollen aus, die Finger werden dick. Nicht bei allen, bei der Nachtweih schon. Da graben sich die eigenen Finger ganz tief ein ins Fleisch, das da faul und träge an irgendwelchen Knochen hängt. Man nimmt den Arm und legt ihn sich um den Hals, die Nachtweih hat die ganze Nacht geschwitzt, dicke

Menschen schwitzen eben. Das riecht ein bisschen süß-
lich, aber gleichzeitig auch nach Käse, nur nicht so wür-
zig, eher fad. Wie langweiliger, geschmackloser Käse,
aus Kuhmilch. Irgendwas Verwestes, und dann der
scharfe Geruch der Windeln. Frau Nachtweih muss
Windeln tragen, manchmal macht sie sich ein, sie
kommt nicht schnell genug zur Toilette, sie kommt
noch nicht mal aus dem Bett. Das ist ganz gut so, ansonsten würde sie die ganze Scheiße im Zimmer verteilen, auf dem Boden und an den Wänden, wir könnten
dann ihre Handabdrücke aus Scheiße von den Wänden
waschen, so geht's dann noch. Unter den Bettlaken
sind Plastikplanen, die sind abwaschbar, damit es die
Matratze nicht ruiniert, wenn sie sich einmacht. Früher
hat sich die Nachtweih geschämt, wenn sie sich einge-
macht hat, inzwischen ist es ihr egal, ich heb sie in den
Rollstuhl, es riecht nach totem Schweiß und nach Mar-
meladenscheiße, und die Nachtweih sitzt da, schaut aus
dem Fenster und sagt: »Früher war ich mal so ein flotter Käfer. So ein flotter Käfer war ich.« Sie hat mit der
Zeit eine ganz müde, weinerliche Stimme bekommen,
wie alle Leute, die sich viel beklagen, bei uns sprechen
viele Leute so. Mit leicht nasalem Einschlag, immer ein

Spur zu leise, immer ohne Betonung am Satzende. Immer einen Halbton zu hoch. »So ein flotter Käfer.«

Die Nachtweih ist früher mal Künstlerin gewesen, Eiskunstlauf erst, und später dann Malerin. Gedichtet hat sie auch ein bisschen. Jeden Abend ist sie auf irgendeiner Vernissage rumgegondelt und hat in irgendeinem Club gefeiert, mit der halben Stadt war sie befreundet, Bussi hier und Bussi da, noch ein Sektchen, aber gerne, so lief das. Solche Freunde kommen nicht zu Besuch, nicht hierher, man trifft sich oder man trifft sich eben nicht. Wenn sie gehört haben, was passiert ist, kommen sie vielleicht einmal und bringen Blumen mit, oder die Blumen kommen alleine, das war's. Mehr gibt's nicht. Damals war sie nicht erfolglos, zwar keine große Nummer, nichts, was es in die Sportseiten oder das Feuilleton geschafft hätte, doch immerhin, sie konnte davon leben, ohne auf dem Kunsthandwerk-Weihnachtsmarkt hingerotzte Landschaftsbilder verkaufen zu müssen. Das ist jetzt schon ein Leben her, fast ein Jahr. Und einen Schlaganfall.

Ich hab mal nachgeforscht, sie hat tatsächlich zwei Gedichtbände rausgebracht, linke Emanzenlyrik, nicht schlecht, allerdings nichts Besonderes. Ich hab ihr gesagt, dass ich ihr Zeug gekauft habe und dass es mir gefallen hat, und zwei, drei Verse, die ich toll fand, hab ich ihr sogar aufgesagt. Sie hat auf der Stelle das Heulen gekriegt und hat sich fast nicht mehr beruhigt. Richtig geschluchzt hat die und sich mit der einen Hand die Augen gerieben, mit der anderen kommt sie ja nicht mehr so hoch. Als ich sie hab trösten wollen, hat sie nach mir geschlagen, hat aber nicht weh getan, sie hat kaum mehr Kraft im schlaffen Arm. Es ist mehr ein Klaps gewesen, das hat sie wahrscheinlich auch selbst gemerkt, denn dann hat sie angefangen, mich anzuschreien, sie hat mir alle Beschimpfungen der Welt an den Kopf geschleudert. Und irgendwann hat sie geschrieen: »Warum helfen Sie mir nicht, warum zur Hölle helfen Sie mir denn nicht?«, und ist wie ein Haufen Latten in sich zusammengefallen. »Früher war ich mal so ein flotter Käfer«, hat sie gesagt. »So ein flotter Käfer.«

Albert sagt immer, ich solle mir keine Gedanken machen, die Nachtweih sei eben depressiv. Das komme eben vor in solchen Situationen, nach einem Hirnschlag, das sei so eine Art Stressauslöser, meinte er. Für Handwerker sei so ein Hirnschlag immer weniger schlimm, aber für Leute, die was im Kopf gehabt haben, Akademiker und so, Künstler, für die sei das eine Katastrophe. Die kämen damit überhaupt nicht klar. Dabei sei das für einen Dachdecker eigentlich viel verhängnisvoller, der könne ja nicht mehr auf Dächer steigen und Dachziegel verlegen, der kann vermutlich überhaupt nie mehr Geld verdienen. Die Nachtweih könnte ja immer noch Gedichte schreiben. Trotzdem geht's dem Dachdecker immer besser als dem Dichter, Handwerker sind in solchen Situationen immer besser dran, keiner weiß warum.

Klar hat's hier schon Selbstmorde gegeben, das war jedoch vor meiner Zeit. Von einem der Selbstmorde, vom Hersch, erzählen die auf der Station immer noch. Der ist völlig gesund aus dem dritten Stock seiner Schule gesprungen, der war da Lehrer für Sozialkunde oder Geschichte oder Literatur, irgendwie sowas. Der ist mit seinem Schädel voraus in einem Container aufgekommen, die haben da gerade die Fassade der Schule renoviert, und der ganze Bauschutt ist da reingekommen. Wär er auf Gras gelandet, vielleicht wär er mit dem Schrecken davon gekommen. Sein Genick hat gehalten, aber der Schädel nicht. Der Hersch soll den kompliziertesten Schädelbruch der Station gehabt haben, und das ganze Hirn ist einmal geflutet worden. Ein Wunder, dass der überhaupt noch zu irgendwas in der Lage war. Jedenfalls, als die den hierher verfrachtet haben, war er so gut wie blind und aufmerksamkeitsgestört. Das heißt irgendwie anders, ich hab vergessen, wie. Wenn man den Hersch angesprochen hat, haben die Sätze ein bis zwei Minuten gebraucht, bis sie irgendwo angekommen sind, wo er auch was mit anfangen konnte. Wenn man dem Hersch »Hallo« gesagt hat, hat der einen achtzig oder neunzig Sekunden angestarrt. Mit offenem Mund. Wissen Sie, wie lang 90 Sekunden sind? Machen Sie mal die Augen zu und zählen mit. Und stellen sich dabei ein halb verfaultes Gebiss vor, dass Ihnen seinen fauligen Atem ins Gesicht bläst. Während der ganzen 90 Sekunden hat der Hersch einen angestarrt, obwohl, angestarrt kann man nicht sagen. Der hat ja so gut wie nichts mehr gesehen. Nur noch Farben und ganz grobe Umrisse, mehr nicht. Wenn der einen angeschaut hat, hat man fast den Eindruck gekriegt, man sei zwei Meter breit. Und dann hat er irgendwann auch »Hallo« gesagt. Wenn man dann gesagt hat: »Ich bin Ihr Pfleger«, ging das Spiel von Neuem los. Diskussionen führen ging mit dem nicht mehr, das können Sie mir glauben. Jedenfalls war der keine zwei Wochen aus der Reha und bei uns eingezogen, da hat der sich wieder aus dem Fenster gestürzt. Dieses Mal aber hat er's richtig gemacht und ist zum Zivi-Wohnheim hingefahren, das hat zehn Stockwerke. Die unteren sind für Pflegerinnen, die oberen für Zivis. Da ist er hochgefahren bis in den Siebten. Zwei Stunden später haben die den auf sieben Quadratmetern wieder eingesammelt. Seither sind im Wohnheimflur alle Fenster fest verriegelt, sogar im Ersten.

Irgendwie mag ich die Nachtweih, ich weiß auch nicht, warum. Ich bin die letzten Wochen am Freitag immer eine halbe Stunde länger geblieben, nach Feierabend, um mit ihr in den Park zu gehen oder in irgendeinen Biergarten. Das war sozusagen privat, ich weiß auch nicht. Albert meinte auch, sie solle mal raus, an die Sonne, das würde ihr gut tun. Am Anfang wollte sie nicht, man muss sie eben zwingen, die Leute, und jetzt, naja, dass sie sich freut, das wäre übertrieben. Sie sitzt dann in dem Biergarten und schaut sich die Rillen vom Tisch an, nach einer halben Stunde hat sie einen Weizen getrunken, dann bringe ich sie zurück. So geht mein Feierabend los. Ich will ja nicht jammern, aber trotzdem: Sowas ist während der Arbeitszeit kaum mehr zu machen, die haben uns ja schon anderthalb Stellen gestrichen. Seit die nur noch auf BAT VIII einstellen, kriegt hier auch keiner mehr was geregelt, wir bleiben alle ein bisschen länger. Ich meine, ich bin für 800 Euro im Monat eingestellt worden, telefonisch. Albert hat mich empfohlen, das hat denen gereicht, die haben mich nur noch gefragt, ob ich Zivildienst gemacht habe. Klar, hab ich gesagt, individuelle Schwerstbehindertenbetreuung, Querschnittspatient, ganztags, bis zu 16 Stunden am Tag. Gut, haben die gesagt, dann komm mal vorbei, drei Monate Probezeit, kriegste das hin? Klar, hab ich gesagt. Was soll man auch sagen.

Im Biergarten trinkt die Nachtweih immer ihren Hefeweizen, ich schau gar nicht mehr hin bei der Bestellung. Eigentlich darf die ja keinen Alkohol mehr trinken, was soll's, sie trinkt eben gerne Hefeweizen. Ich hab ihr mal gesagt, Alkohol sei nicht so gut für sie, da hat sie mich mit großen Augen angesehen und gesagt: »Was soll denn groß passieren.« Das wusste ich auch nicht. Keine Ahnung, was bei der Nachtweih noch groß passieren soll. »Aber das ist doch Gift für

Sie«, hab ich immer gesagt, da hat sie gelächelt und genickt. Den Rest der Zeit saßen wir schweigend in der Sonne und haben Bier getrunken. Das war so unser Freitagsritual.

Es ist die letzten Wochen ja auch kaum mehr was passiert. Sie heult weniger, sondern sitzt nur noch in der Sonne und isst Marmeladenbrot um Marmeladenbrot, noch ein Marmeladenbrot, hört Shostakovich oder sonst irgendwas mit Klavier, und wenn ihr eine Fliege über den toten Arm krabbelt, sieht sie statt aus dem Fenster auf den toten Arm. Manchmal sagt sie etwas, wenn man ins Zimmer kommt, meistens nur einen Satz. »Ich bin ganz verdorrt«, zum Beispiel. Oder »Ich bin schon ganz tot.«

Albert hat mal gemeint, er könne das verstehen, dass die Nachtweih sich umbringen wolle. »Das kann ich nachvollziehen«, hat er gesagt. Abends, beim Bier, in der Kneipe. Da treffen wir uns für gewöhnlich immer, nach Feierabend, um noch was zu trinken, zwei Augustiner oder drei, je nachdem. Das braucht man, das brauchen wir, bevor wir nach Hause gehen, sonst kommt man nicht runter von dem Job. Sonst kann man den ganzen Abend an nichts anderes denken als an Leute, die nicht mehr sprechen können oder denen der Arsch wegfault, weil sie zu viel liegen müssen und die Matratzen nicht auf dem neuesten Stand der Technik sind. Wir müssen zusammensitzen und uns über alles lustig machen, sonst träumt man am Ende noch schlecht. Wie ein junges Ehepaar, sagt Albert immer, wenn wir uns von der Nachtweih und dem Hasenberger erzählen. Als ob das unsere Kinder wären.

Ich weiß nicht, wem die Idee mit der Spritze gekommen ist. Klar hatte ich vorher davon gehört, Überdosis Insulin, das sei eine sichere Kiste, Unterzuckerung, hypoglykämischer Schock, Koma, Exitus, alles relativ problemlos und schmerzfrei. Albert hat auch davon erzählt, aber wer dann tatsächlich auf die Idee gekommen ist, 3.000 Einheiten auf den Nachttisch von Frau Nachtweih zu legen, weiß ich nicht mehr. Sie müssen den Albert nicht mit anklagen, reicht ja schon, dass er gefeuert wurde. Es ist völlig normal, dass sich Pfleger über sowas unterhalten, über den Tod, den Tod ihrer Patienten und wie das für die gehen soll. Klar denkt man darüber nach.

Natürlich denkt man darüber nach. Warum auch nicht.

Mimoun

Und dann war er hier gestrandet. Der Regen tropfte von seinem Mantel, seine Mütze war mit Wasser vollgesogen, er machte kleine Pfützen auf dem Parkett. Seine Schuhsohlen quietschten, als er ohne einen Gruß an uns vorbeistolperte, sein Zeug in den Flur stellte, ins Wohnzimmer schlurfte und auf dem Sofa Platz nahm. Die zwei Koffer hatte er in den Flur geschmissen, da waren wohl Klamotten drin und die Zahnbürste, und ein fest verschnürter Karton, um den herum sich kleine, braune Seen ausbreiteten. Er hielt den Kopf in den Armen gestützt und sah sich um, sein Kinn zitterte. Wir gaben ihm eine Decke, und ohne ein Wort zu sagen schlief er einfach ein. Er schnarchte nicht. Er brummte nicht einmal. Nur seine Nase kräuselte sich, wenn er träumte.

Wir standen etwas ratlos um ihn herum, hatten wohl auch einige Bedenken, ob das Sofa die Feuchtigkeit vertrüge und ob er sich nicht erkälten würde, so wie er da schlief. Wir setzten uns im Kreis um den kleinen, gläsernen, geschmacklosen Couchtisch und sahen einander hilfesuchend an. Wir wohnten noch nicht lange hier, es hingen keine Bilder an der Wand. Wir waren uns noch nicht einig geworden, welche. Der Esstisch stand etwas verloren in der anderen Ecke des Raumes. Vor der Fensterfront warf die Straßenlaterne ihr aufdringliches Licht in den Raum. Hinter der Tür warteten einige alte Bretter darauf, dass wir sie zu einem Regal zusammenbauen würden. Auch wenn wir sowieso nicht gewusst hätten, was wir hätten hineinstellen sollen. Wie wir den Tisch arrangieren sollten. Wohin wir das Sofa stellen sollten mit den ganzen Sesseln, dem geschmacklosen Glastisch, uns. Eine neue Wohnung, das ist immer auch ein neues Leben und wir hatten uns noch nicht entschieden. Wir wollten uns nicht entscheiden.

Mimoun. Mimoun lag da und zog die Nase kraus. Wir hatten längst vergessen, woher wir ihn kannten. Wir erinnerten uns dunkel daran, wie er hieß, aber was er machte, woher er kam, wann wir ihn das letzte Mal getroffen hatten, all das wussten wir nicht mehr. Wir beratschlagten mit gedämpften Stimmen: Vielleicht war das Anfang September gewesen, unser letztes Grillen im Park. Oder war es bei diesem Flohmarktbesuch gewesen, als wir uns nicht einigen konnten, welche Art Couchtisch wir in der neuen Wohnung ... Oder eines Abends in einer der Bars, die neuerdings hier im Viertel im Dutzend eröffneten, jedenfalls mussten wir ihm einmal die Hand geschüttelt haben, vielleicht ein Bier zusammen getrunken, ein wenig miteinander gesprochen haben. Doch das musste lange her gewesen sein, vielleicht Wochen oder Monate. Wir kamen zu keinem Ergebnis, schüttelten unwillig den Kopf und verteilten uns auf unsere Zimmer.

Am nächsten Morgen schlief Mimoun noch immer, während wir Kaffee kochten und die Wurst auf den Tisch stellten. Die Morgensonne schien ihm ins Gesicht, das ausgemergelt und mager über seinem Schädel lag. Seine Haut musste einmal braun geglänzt haben, mit einem leichten Stich ins olivgrüne, jetzt aber war sie grau und großporig. Seine dichten Augenbrauen waren fast zusammengewachsen, darunter hob sich scharf und zackig seine schmale Nase. Er hatte wohl vor einer Woche aufgehört sich zu rasieren, und in seinem erstaunlich gepflegten, dichten Bart schimmerten die ersten grauen Haare. Während er träumte, kräuselte sich seine Nase und sein voller, sinnlicher Mund zuckte manchmal. Wir diskutierten leise, ob nicht einer von uns zu Hause bei Mimoun bleiben sollte und ein Auge auf ihn, auf die Wohnung haben, aber dann gingen wir doch alle unserer Wege und wünschten uns einen erfolgreichen Tag.

Als wir am Abend nach und nach heimkamen, begrüßte uns das aufgebaute, an der Wand befestigte Regal, herausfordernd die leeren Fächer vorzeigend. Mimoun saß völlig in sich gekehrt auf dem Sofa und blickte, als wir ihn scheu begrüßten, kaum vom Boden auf. Manchmal nickte er, während wir uns von unserem Tag erzählten, wir waren uns nicht sicher, ob er mit seinem Nicken uns meinte. Während wir darüber sprachen, was es wohl zum Abendessen geben sollte, sprang Mimoun mit verblüffender Behändigkeit auf seine staksigen Beine und sagte:

»Ihr habt doch dieses Wohnzimmer. Ist das frei? Ich hab nichts mehr.«

Wir sahen ihn an und nickten. Gut, sagten wir, dann bleib. Mimoun rieb sich wie zum Dank die Nase.

Mimoun. Die folgenden Tage saß er auf dem Sofa, an eben jener Stelle, wo er sich ursprünglich niedergelassen hatte. Wir gaben ihm eine weitere unserer Decken, es war ein weißes Kreuz drauf. Er breitete sie über seine Beine und die Wasserflecken auf dem Stoffbezug des Sofas, dann starrte er in das Regal, in dem jetzt fein säuberlich fünf Paar Socken, vier T-Shirts, zwei Pullover und drei Hosen lagen, und ein Schuhkarton voller Boxershorts. Er starrte mit der Ausdauer einer Katze, manchmal rieb er sich den Bart.

Wenn wir abends nach Hause kamen und uns im Wohnzimmer einfanden, das jetzt Mimouns Zimmer geworden war, machte er sich auf den Weg in die Küche und kochte. In der kleinen Kammer neben dem Herd stapelten sich Konservendosen, Reisschachteln, Trockenfrüchte, Nudelpackungen, eingelegte Rote Beete, Kakao-Pulver, Marmeladengläser und kleine Backpulver- oder Vanillinpäckchen, alles Zeug, das wir einmal gekauft hatten, um ein Festmahl zu kochen oder weil uns langweilig war, und das wir dann in die Kammer gesperrt hatten, um es zu vergessen.

Inzwischen hatte sich Staub auf unsere Einkäufe gelegt, und bevor Mimoun die Tür zur Kammer geöffnet hatte, war wochenlang niemand von uns darin gewesen. Wenn wir zufällig auf die Kammer zu sprechen kamen, weil beispielsweise der Lack der Tür langsam abbröckelte, nannten wir sie Mimouns Pharaonengrab.

Denn Mimoun wusste mit den Schätzen dort umzugehen, was wir nicht sehen konnten, aber hören: Wenn wir zusammen einen Schluck Wein tranken und auf Mimoun warteten, horchten wir auf das Klappern der Töpfe und das dumpfe, bedrohliche Geräusch, das entsteht, wenn ein Zwiebelmesser auf ein Brettchen trifft. Einmal hörten wir ihn vor Freude laut lachen, weil er den Safran gefunden hatte, den wir irgendwo ins letzte Eck der Kammer verstaut hatten, weil wir damit beim besten Willen nichts anzufangen wussten.

Wenn Mimoun das Essen auftrug, staunten wir, was aus ein paar Blechbüchsen alles herauszuholen war. Während wir mit Appetit und beinah schon Begeisterung in uns hineinstopften, was Mimoun uns auftrug, saß er in unserer Mitte, aß nur wenig und lächelte. Es gab taiwanesische Nudelsuppe, Erbseneintopf, Flammkuchen, Pita, Taboulé, Linsensalat, Kürbis mit Pflaumen, Käsespätzle; er kochte gut.

Sobald wir aufgegessen hatten, sammelte Mimoun die Teller ein und fragte, ob jemand Kaffee wünsche oder Tee. Dabei sah er langsam in die Runde. Wenn wir versuchten, uns träge aufzurichten, um ihm zu helfen, das Besteck mit in die Küche zu bringen, wies er uns mit einer herrischen Bewegung zurück an unseren Platz. Wir fügten uns und legten die Beine nach oben, während in der Küche die Espressokanne blubberte. Mimoun klapperte mit den Tellern, während wir behäbig diskutierten, aus welchem Land er wohl stammen möge. Seit er den Safran entdeckt hatte, tat er ihn unentwegt in den Reis, den er außerdem immer am Topfboden verkrusten ließ. Wir hatten einst in einem persischen Restaurant gegessen, da wurde das ähnlich gemacht. Also kam er wohl aus dem Iran, vielleicht hatten seine Eltern fliehen müssen, da war doch was, Schah, die Revolution, verschleierte Frauen auf Teherans Straßen, davon hatten wir schon gehört. Als er eine Zeit lang fast ausschließlich Couscous kochte, waren wir überzeugt, er stamme aus Algerien oder Tunesien oder Marokko, vielleicht war er ja ein Berber.

Und als er einmal unsere gesamten Kichererbsenvorräte zu Hummus verarbeitete, schlossen wir daraus, dass er auch Türke sein könnte, vielleicht sogar ein Kurde, oder aber aus dem Libanon.

Mimoun. Wir haben ihn nie gefragt. Das gehörte zum Spiel: Wir wollten es nicht wissen. Das Raten machte uns Spaß. Außerdem waren wir, wenn er aus der Küche zurückkam, viel zu träge vom Wein und dem Essen, um uns nicht schon bald in unsere Betten zu verabschieden, unter unsere Decken zu kriechen.

Im Laufe der Wochen leerte sich die Kammer, bis uns Mimoun eines Tages nach dem Essen wissen ließ, demnächst sei nichts weiter mehr da als eine Dose eingelegter Pfirsiche und ein paar Päckchen Backpulver. Er sprach's gelassen, erhob sich, ging in die Küche und klapperte. Wir saßen zusammen und fühlten uns überrascht: Damit hatten wir nicht gerechnet. Nach einigen vagen Gesten und unbestimmten Worten kamen wir überein, Mimoun die Einkäufe zu überlassen: Wir legten, was wir in den Taschen hatten, auf dem Tisch zusammen, einige Münzen, zwei, drei Scheine, 50 Euro ungefähr. Wir beschlossen, das müsse für eine Woche reichen und blickten betreten auf den Haufen Geld.

Wir versuchten, ein bisschen Ordnung in die Scheine und Münzen zu bringen, legten mal den 20-Euro-Schein zuoberst, mal arrangierten wir kleine Türmchen aus dem Kleingeld, bis wir uns grimmig und unzufrieden zurücklehnten. Uns kam der Gedanke, eine kleine Grußkarte beizufügen, damit das ganze nicht so schnöde aussehe. Auf dem Fensterbrett fand sich eine, die wir von irgendeinem Barbesuch mitgebracht hatten und auf der ein lachender Hund ein rot-weißes Bällchen zu Füßen liegen hatte: ein niedliches Motiv. Wir packten das Hündchen neben das Geld und verschwanden in unsere Zimmer. Am nächsten Tag lag das Hündchen noch da, aber das Geld war weg, Mimoun kräuselte die Nase. Leise verließen wir das Haus. Am Abend gab es Hähnchen.

Mimoun. Wir wussten nicht, womit er seine Tage verbrachte und wollten es auch gar nicht wissen. Es kam selten vor, dass einer von uns früh nach Hause kam, früher als gewöhnlich, weil auf Arbeit sein Rechner gewartet wurde oder ein Treffen überraschenderweise weniger Zeit in Anspruch genommen hatte. Wenn doch, trafen wir Mimoun meist auf dem Sofa an, wie er zum Beispiel eine seiner Hosen nähte oder

Socken stopfte, Karotten schälte oder Kirschen ent-
kernte, die er auf dem Markt geschenkt bekommen
hatte und nun zu Marmelade einkochte. Mimoun bekam viel geschenkt von den Händlern in der Umgebung, das war alles, was er von seinen Tagen erzählte:
da mal einen Kürbis, hier ein Stück Bauchspeck, alles
umsonst, sagte er, alles umsonst. Und dann grinste er
stolz und wir klopften ihm auf die Schulter. Manchmal
saß er auch einfach nur da und starrte auf das zusam-
mengezimmerte Regal mit seiner Kleidung und der
kleinen Kiste. Kamen wir zu früh nach Hause, sprang
er von seiner bisherigen Tätigkeit auf, eilte uns entge-
gen und fragte, ob wir Kaffee haben wollten oder Tee,
wie der Tag gewesen sei und dass er jetzt in die Küche
gehe, ob wir etwas bräuchten. Wir schüttelten den
Kopf oder nickten, je nachdem.

Der Winter kam, es roch nach Schnee. Wir zogen
unsere wärmsten Schuhe an, wenn wir das Haus verließen. Wir stapften laut und vernehmlich durchs Treppenhaus, wenn wir abends zurückkamen. Mimoun
hielt die Wohnung warm, alle Heizkörper hatte er auf
vier gedreht. Sobald wir die Eingangstüre öffneten, waren wir binnen Sekunden eingehüllt in einen warmen,

benommen machenden Essensduft, von dem wir uns den Abend über nicht mehr erholten und der uns unerbittlich in unsere Sessel zog.

Mimoun aber war nervöser geworden. Sein Gesicht war inzwischen voller, runder. Er sah schon beinah wieder gesund aus. Seine Oberarme spannten inzwischen in seinen T-Shirts, vielleicht machte er Sport, wenn wir unterwegs waren, und sein Kreuz wurde von Tag zu Tag breiter. Doch er selbst war unruhiger geworden. Wir ertappten ihn manchmal, wie er seine Hand kurz zur Faust ballte und gleich wieder entspannte. Oder wenn er sich zu schnell übers Gesicht fuhr. Kurz die Schulter nach oben zucken ließ, als wollte er etwas loswerden, einen Gedanken oder eine lästige Mücke. Wir nahmen diese kleinen Gesten wahr, vergaßen sie allerdings sofort wieder, bis sie uns an einem dunklen Abend wieder einfallen sollten.

Mimoun holte zu allem, was er tat, unsere Erlaubnis ein, obwohl wir ihm versichert hatten, dass das nicht nötig sei. Dass das jetzt auch sein zuhause sei. Wenn er ein Handtuch benutzen wollte, um sich die Haare zu trocknen, fragte er uns. Wenn er eine Schere brauchte, um sich den Bart zu stutzen, fragte er uns.

Wenn er sich aus der Küchenschublade Nadel und Faden holen wollte, um seine Klamotten zu flicken, fragte er uns. Wir schlugen ihm nie etwas ab. Wir sagten zu allem ja. Es war uns peinlich, dass er überhaupt noch fragte. Eines Abends, das muss schon nach Weihnachten gewesen sein, fragte er ganz unvermittelt, ob er nicht einen Stift haben könne und einige Bögen Papier. Natürlich, sagten wir und stutzten kurz. Denn wir konnten uns nicht vorstellen, was Mimoun mit Stift und Papier anstellen würde. Wir kramten in unseren Zimmern und legten ihm alles zu seinen Sachen im Regal, wo es einige Zeit unberührt liegen blieb.

Als wir drei Wochen später die Wohnung betraten, sprang Mimoun nicht wie gewöhnlich vom Sofa auf, um geschäftig hin- und herzulaufen. Stattdessen saß er auf dem Sofa, den Stift in der verkrampften Hand, das Blatt Papier auf seinem Schoß, und starrte böse auf den geschmacklosen Couchtisch, der verschwommen seine Konturen spiegelte. Seine Augenbrauen hielt er fest zusammengezogen, und zentimetertiefe Risse durchliefen seine Stirn. Durch seinen Bart hindurch konnten wir sehen, wie Mimoun seine Backenzähne aufeinander mahlen ließ.

Wir setzten uns in unsere angestammten Sessel und warteten. Draußen zog der Wind um die Häuser. Der Baum vor dem Haus trug noch ein letztes Blatt spazieren. Das war die Zeit, wenn selbst das Licht der Dönerbude gegenüber etwas Heimeliges ausströmt, sobald man draußen durch die Straßen geht.

Wir warteten, doch Mimoun bewegte sich nicht. Seine leeren Augen schienen durch die Glasplatte des Tisches hindurchzustarren, manchmal zog er unvermittelt eine Augenbraue nach oben. Plötzlich sprang er auf, warf die Bögen Papier auf seinem Schoß durch den Raum und schrie: »Ach, scheiße!« Als er in die Küche ging, warf er laut die Tür hinter sich zu. Wir gingen ihm nach, um zu sehen, was er zu sagen hatte.

Mimoun, sagten wir, was ist denn. Was hast du denn. Wie geht es dir. Sein Kopf zitterte, und seine Hände.

Mimoun trank nicht, normalerweise. Wir boten ihm zu jedem Essen etwas Bier oder Wein an, danach auch gerne einen Calva, aber er lehnte jedes Mal lächelnd ab, indem er kurz die Hand hob.

An diesem Abend jedoch griff er sich eine Flasche Roten und zerrte mit aller Gewalt den Korken aus dem Hals. Er nahm sich ein Glas, und ohne uns eines Blickes zu würdigen, goss er es sich randvoll, um es dann in einem Zug zu leeren. Zwei, drei Mal ging das so. Dann sah er uns aus glasigen Augen und sagte: »Wir brauchen eine neue Sprache. Die alte ist verbraucht und kaputt und verdorben durch und durch. Wir brauchen eine neue Sprache, eine frische, unverdorbene. Eine, die keine Kanten hat, ohne Aggressionen, eine Sprache, die nicht von Grund auf falsch ist und brutal.«

Er nahm seine Faust und fuchtelte in der Luft herum.

»Seht her« – er malte ein t in die Luft – »das ist ein t, ein t, das klingt hart, böse, das muss raus, das muss weg, das Kreuz muss weg, ein Kreuz ist Leiden, ist Tod, ein Kreuz bedeutet Folter, und so klingt es auch, das t. Alle harten Konsonanten müssen weg, wir müssen alle harten Konsonanten vernichten und zerstören, das x, das z, das k, das p, die müssen alle weg, weg, weg! An diesen Buchstaben stirbt die Sprache, sie wird hart und gewalttätig, wir brauchen eine neue Sprache!«

Die letzten Worte hatte er beinahe gebrüllt. Jetzt ließ er die Hand niedersinken und sagte leiser:«Die per-

fekte Sprache, die perfekte Sprache besteht nur aus Vokalen, aus weichen, ruhigen Vokalen. Ganz simpel,
ganz einfach, nur a und e und i und o und u und vielleicht noch die Umlaute. Sie muss das Gegenteil des
Hebräischen sein, oder nur ganz weiche Konsonanten
drin haben, d und w und g und m und n, mehr nicht,
das muss reichen. Nichts zischendes, nichts hartes, wir
brauchen eine neue Sprache, wir brauchen eine mensch-
liche Sprache, wir brauchen …«

Er goss sich noch ein Glas ein.

»Versteht ihr, was ich meine?«

Wir sahen ihn ratlos an. Wir zuckten kurz die Schultern und nahmen uns ein Glas, es blieb noch ein Rest
in der Flasche. Mimoun seufzte und ging ins Wohnzimmer, um seine Blätter wieder aufzusammeln.

Bisher war Mimoun an den Wochenenden nicht
mit uns mitgegangen, wenn wir durch die Bars zogen
und tranken und diskutierten. Wir wussten nicht, was
er trieb, doch bisweilen fielen uns Veränderungen in
unseren Zimmern auf. Da waren Bücher umgestellt
oder der Rechner war noch warm. Wahrscheinlich
verbrachte er seine Zeit damit zu lesen. Seit seinem
Ausbruch in der Küche aber ging Mimoun aus, jeden

zweiten oder dritten Abend. Er kochte nur noch zwei Mal die Woche und uns fiel auf, dass wir uns schon seit Wochen nicht mehr an den Putzplan gehalten hatten, dass es nach kurzer Zeit keine sauberen Handtücher mehr gab, dass der Müll runtergebracht werden musste und die Blumen gegossen; wir hatten vergessen, dass sowas notwendig ist. Seit Mimoun nur noch vier Abende die Woche zu Hause war und begann, die Tage zu verschlafen, mussten wir uns neu organisieren: Aufgaben verteilen. Einkaufen gehen. Kochen.

Irgendwann war Mimoun verschwunden. Er war am Abend wieder ausgegangen und in der Nacht nicht nach Hause gekommen, das kam inzwischen häufiger vor; auch am nächsten Morgen war er nicht wieder aufgetaucht. Wir machten uns keine Sorgen, das konnte vorkommen, vielleicht schlief er an einem Tresen und zog die Nase kraus. Doch am Abend war er immer noch nicht zurück.

Wir begannen zu beratschlagen, was jetzt zu machen sei. Wir verfielen auf den Gedanken, ihn anzurufen, aber als wir uns gegenseitig nach seiner Nummer fragten, hatte sie keiner von uns. »Und ich dachte, du hättest vielleicht«, sagten wir und sahen uns vorwurfsvoll an. Wir waren uns nicht einmal mehr sicher, ob Mimoun ein Handy hatte. Wie wir ihn irgendwie erreichen konnten. Wir wussten nicht, in welche Bars er gerne ging, nur, dass es nicht die gleichen Bars waren, die wir aufsuchten. Wir kannten keinen seiner Freunde, wir hatten nie jemanden kennengelernt aus Mimouns Freundeskreis, wir waren uns nicht einmal sicher, ob es einen gab. Ob Mimoun Freunde hatte. Weil wir zu keinem Ergebnis kamen, gingen wir schlafen und hofften, er würde schon wieder auftauchen. Schließlich stand sein ganzes Zeug bei uns.

Er tauchte nicht auf. Nicht am nächsten Morgen, nicht am nächsten Abend. Wir begannen uns Sorgen zu machen.

Irgendwann fiel unser Blick auf den Karton. »Da müsste doch was zu finden sein, sein Nachname oder ein Geburtsdatum oder ähnliches«, dachten wir, bevor wir ihn zu uns auf den Tisch stellten.

Wir hätten ihn nicht öffnen sollen. Später haben wir das häufig gesagt: Wir hätten ihn nicht öffnen sollen. Vielleicht in einen Schrank stellen und Kissen darüber legen, oder unter den Tisch. Wollten wir auch, doch erst hinterher. Vorher hatten wir ein Messer aus der

Küche geholt und die Schnüre zerschnitten. Wir hätten den Knoten entknoten sollen, nicht schneiden. Vielleicht wäre der Karton dann wieder zu verschließen gewesen, so aber nicht. Und die Deckel hätten wir aufklappen sollen, nicht zerreißen, wie wir es in heller Aufregung taten. Der Karton war offen, zerstückelt und zerrissen. Unkittbar offen.

Wir zerschnitten die Schnüre, zerrissen den Deckel und sahen hinein, da war nicht viel. Ein gebogener Dolch, einige Fotos, ein paar vergilbte Briefe. Zu wenig für einen Karton. Der Dolch war schön gearbeitet. Das muss ein altes Stück gewesen sein, mit gravierter Schneide und Gold am Griff. Federleicht lag er in der Hand, und scharf war er, wenn wir ihn fassten: Wir schnitten uns reihum und dachten an Blutsbrüderschaft, an Verschwörung.

Das Blut tropfte auf die Briefe, die kaum einer mehr entziffern konnte. Da war von Liebe die Rede, von Ewigkeit und Nähe.

Mimoun. Da war er, auf den Fotos, und sah uns an. Wie wir ihn aufgedeckt hatten, anklagend sah er drein und lächelte dreist. Manchmal lag eine Frau an seiner Seite, blond, mit gerader Nase und scharfen Wangenknochen. Schön war sie nicht gerade, es war eine Schönheit aus anderer Zeit, eine Schönheit, die wir nicht mehr verstanden. Manchmal sieht man sie noch, diese Schönheiten, auf alten Bildern, wo sie die Madonna darstellen. Sie hängen in den Museen und haben traurige Augen. Hölzern sehen sie aus und blicken aus dem zwölften Jahrhundert zu uns her.

So sah auch sie aus, mit Madonnengesicht und langen, zarten Fingern. Auf keinem der Fotos lächelte sie, nie zeigte ihr Gesicht die geringste Emotion, immer war sie ganz still und andächtig und fast ein wenig gleichgültig. Im Badeanzug am Strand, vor der Sagrada Familia in Barcelona, auf einem Balkon, eine Zigarette in der Hand, auf einem Sofa unter einem kitschigen Landschaftsbild.

Zwei Stunden saßen wir auf dem Sofa und sahen uns nicht an. Irgendwer holte Kaffee, irgendwer rührte in seiner Tasse.

Am Boden des Kartons fand sich ein großer Umschlag, Din A4, dessen Inhalt wir auf den Tisch schütteten. Wir waren ganz beschwingt, als wir den großen Umschlag in der Hand hatten. Der Inhalt bestand aus Hunderten und Aberhunderten von Papierfetzen, die alle von offiziellen Schreiben zu stammen schienen, und die fein säuberlich in kleine Vierecke zerrupft worden waren. Wir bissen uns auf die Lippen und puzzelten, ohne auf den Inhalt der Schreiben zu achten, alle Teile zusammen. Wenn wir ein Blatträtsel gelöst hatten, schoben wir es zur Seite und freuten uns, ohne einen Blick darauf zu werfen. Wir ahnten wohl.

Als wir nach zwei Stunden alle Fetzen an ihren Platz gebracht hatten und alle Schreiben wiederhergestellt waren, erschraken wir. Es waren Briefe von Bibliotheken, von der Gasgesellschaft, Anwaltsrechnungen, Mahnungen von einem Vermieter, Vollstreckungsbescheide, Stromabrechnungen, Forderungen von Online-Kaufhäusern, fristlose Kündigung des Mietvertrags, Telefon- und Handyabrechnungen, hier mal dreihundert Mark, dort neuntausend Mark, hier zweieinhalb tausend Euro, da noch mal siebzig Euro, alles in allem wohl an die achtzehntausend Euro, die an Forderungen vor uns lagen. Wir hielten die Luft an. Vor uns lagen Mimouns zerrissene Überreste.

Mimoun. Plötzlich stand er in der Tür und schlug sie zu. Blickte wild im Kreis. Und wir, die aufgeschreckten Kinder, ließen aus den Händen gleiten, was wir festhielten. Er schlug die Tür zu und ging zu uns hin, still. Riss die Fotos an sich, die Briefe, den Dolch. Warf sie wild in den Karton. Schrie, aber stumm. Sah hinein in die Unordnung, klemmte sie sich unter den Arm und ging hin zur Tür, warf die Türe auf, sah uns einmal noch an und sagte: »Ihr ... ach, was soll's.« Warf die Türe zu, stürzte die Treppe hinunter.

Seither stehen die Koffer in der Ecke, seit drei Jahren schon. Wir gehen nicht mehr ins Wohnzimmer, wir haben es fest verschlossen. Manchmal murmelt einer, ob wir nicht. Und dann bricht er ab. Geht auf die Straße, kauft Safran und Reis, kocht, bis es anbrennt statt zu krusten. Wir essen und sitzen in unseren Zimmern.

Manchmal denken wir, Mimoun müsste einmal wiederkommen, um seine Hosen und Pullover und Boxershorts und alles abzuholen. Er kommt nicht. Wenn wir in der U-Bahn sitzen, suchen wir den Wagen ab, vielleicht taucht er ja irgendwo auf. Vielleicht können wir ihm helfen, vielleicht gibt es noch irgendwas zu tun.

In seinem Regal liegen seine Sachen, und unter dem Sofa haben wir einen Zettel gefunden, ein Überrest seiner Sprachstudien. Darauf hat er mit grünem Filzstift und mit seiner zittrigen Handschrift fünfzig oder hundert Mal groß ein einziges Wort geschrieben, das ganze Blatt voll. Flucht, stand da, Flucht, Flucht, Flucht. Flucht. Flucht. Und immer hat er das t weggestrichen.

Nicht einmal dieses Wort durfte ein Ende haben.

Grenzen

Ich weiß nicht, wann ich gestorben bin. Es kommt mir vor, als hätte ich ewig gelebt. Mein Körper, scheint mir, ist nach und nach in sich zusammengesackt, die Wangen fielen mir ein, die Haare wurden rot und immer dünner, die Knochen traten hervor, während sich mein Bauch langsam blähte. Vermutlich hat sich meine Haut gefleckt und gewellt, nur sehen kann man es nicht. Ich kann es nicht sehen. Ich wurde ruhiger, gleichgültiger auch, ich fürchte, ich habe niemandem etwas gesagt. Ich habe geschwiegen. Was hätte ich auch sagen sollen. Wer es weiß, der weiß es. Wer nicht, nicht. Man findet sich ab, ich finde mich ab. Man hört auf, sich daran zu messen, wie viele Freunde und Bekannte einem einen Krankenbesuch abstatten. Oder zur Beerdigung kommen werden.

Manchmal kommen noch Gäste, sie stehen um das Bett und stellen Fragen. Sie starren mich an, wenn ich nicht antworte. Den Rest der Zeit sehen sie nicht nach mir, sie staksen von einem Bein aufs andere oder sehen sich im Zimmer um. Ich habe alle Bilder entfernen lassen, alle Schränke sind ausgeräumt und abgebaut, es gibt nur noch das Fenster in der Wand und hinter dem Fenster die nächste Wand mit Fenstern drin, und dahinter noch eine Wand. Die Wohnung gegenüber ist leer, auch dort ist jemand gestorben. Es ist so einfach.

Und den Spiegel. An der schiefen Wand hängt der Spiegel, groß und braun gerahmt. Ich muss den Kopf drehen, um ihn zu sehen, um mich darin zu sehen. Dann sehe ich mir in mein grünes Gesicht, auf das spitze Kinn, die großen Ohren, die Nase. Meine Haut ist blau geworden und an den Seiten gelb, als würde sie sich weigern, die Farbe der Laken anzunehmen. Auf dem rechten Auge sehe ich nichts mehr, nur die Augenhöhle schmerzt. Die Augenhöhle.

Es heißt, die Welt fange dort an, wo man selbst aufhört. Die Berührung ist der Unterschied, die Grenze zwischen mir und dem Bettpfosten, so ist das Gefühl, wenn ich ihn anfasse. Im Moment der Berührung tut sich der Graben auf, am Ende der Bewegung, dort höre ich auf, dort fange ich an. So war das früher. Jetzt nicht mehr. Mein Körper ist zerfallen in Teile, die mir gehören, noch, auch das kann sich ändern. Nein, es wird sich ändern. Und es gibt den Rest, die rechte Augenhöhle, die sich in meinen Kopf einwölbt, meinen Gehörgang, die Backenzähne. Mein Bein, meinen rechten Arm. Ich weiß, sie sind da, ich berühre sie fortwährend, ich klebe an ihnen fest, wie man an einer Prothese klebt, aber sie gehören nicht mehr zu mir, sie gehören mir nicht mehr, sie gehorchen auch nicht. Von außen, im Spiegel und in den Blicken der anderen, ist alles, wohin es gehört: die Nase im Gesicht, zu lang zwar, um schön zu sein, der schmale Mund, die dunklen Augen, große Ohren, struppige Haare, der Hals, das Kinn, die Wangenknochen, es ist alles da, wohin es gehört, alles ist an seinem Platz. Zwar bin ich mager, allerdings nicht deformiert, mein Gesicht ist nicht zerstört. Zwar bin ich blass und wirke ein wenig kränklich, doch ich wirke vollständig, ich sehe oberflächlich aus wie andere auch, ich bin kein Mischwesen, halb Mann, halb Bettpfosten. Mein rechter Arm ist ein toter Ast, man kann damit Nägel in die Wand schlagen, wenn man mehr Kraft hätte, wenn man überhaupt Kraft hätte. Ich habe sie nicht. Mit meiner linken Hand berühre ich meinen rechten Arm, er fühlt sich weich an und es sind nur wenige Haare darauf, die ein bisschen Widerstand leisten. Meine Hand ist kalt, die linke Hand. Meinen Arm überzieht eine Gänsehaut, wahrscheinlich friert er. Wenn er könnte, würde er jetzt ein wenig zittern, aber er ist bewegungslos. Ich nehme die Hand wieder weg, die linke. Wo eben noch meine Finger lagen, sind weiße Druckstellen zu sehen. Darunter taucht die blassblaue Ader auf, die sich vom Ellenbogen bis zu meinem Handrücken zieht.

Irgendwie hängen wir doch noch zusammen, aber was ist das für eine Kapitulation, dieses Irgendwie.

Die kalte Sprache der Medizin. Meine Ärzte haben viele Antworten gefunden auf diese Frage, die das Irgendwie ist. Sie haben Blätter vollgeschrieben, mich in Maschinen gesteckt, Tests gemacht, mir Medikamente gegeben, sie haben interessiert geschaut, wenn etwas Unerwartetes geschah, wenn keine Besserung eintrat, obwohl sie damit gerechnet hatten. Sie waren auch ein wenig böse auf mich, wenn ich unerwartet auf ihre Substanzen reagiert habe, wenn ich Durchfall bekam oder brechen musste nächtelang. Sie haben mir viele Namen gesagt, die nichts bedeuten. Sie haben versucht, mir zu erklären, was mir fehlt: Dabei sollte ich ihnen doch erklären, was mit mir ist. Sie haben mir Fotos von meinem Gehirn gezeigt, von meinem Torso, sie haben mich durchleuchtet und durchschaut, mit Tabellen, Analysen von Blut und Liquor, sie haben die Leitgeschwindigkeit meiner Nerven untersucht.

Stundenlang stand ich in kalten Praxen, und wenn ich nicht mehr stehen konnte, saß ich. Und als ich nicht mehr sitzen konnte, kamen sie zu mir, an mein Bett. Ihre Gesichter wurden immer ernster. Sie wollten noch dieses probieren oder jenes, vielleicht eine andere Therapie, ein anderes Mittel. Wenn sie eine Idee hatten, wenn ein Funke ihr Gehirn durchschlug, machten sie hoffnungsvolle Mienen; dann sagten sie mir, man dürfe sich nicht zu früh freuen, man müsse die Ergebnisse abwarten. Man. Man dürfe keine Hoffnung haben, man dürfe auch nicht aufgeben. Sie nehmen das ernst, es sind gute Ärzte, sie halten etwas auf ihren Job. Sie haben Stethoskope, das muss ein Zeichen sein. Selbst wenn sie zu mir kamen, in mein albernes kleines Zimmer, hatten sie ihre weißen Kittel an.

Ich habe aufgehört zu hadern. Es gibt keine Geschichte mehr, es geht nicht mehr zu Ende, es ist längst zu Ende. Es ist auch völlig gleich, wer spricht, es gibt kein Ich mehr, es könnten viele sein. Im Nebenzimmer könnten Kinder spielen, meine Kinder, ich könnte lautes Lachen hören und den Klang von Holzspielzeug, das über einen Glastisch verteilt wird. Oder ich könnte einsam sein, vor meinem Zimmer könnte sich nur ein anonymer Flur erstrecken, mit Teppichboden und einem Aufzug am Ende des Ganges, der zweimal die Woche gereinigt wird. Ich könnte in einer Einrichtung liegen, und jeden Morgen käme ein Pfleger oder ein Zivildienstleistender, um mich einer Waschung zu unterziehen und mich zu fragen, wie ich geschlafen und was ich geträumt hätte, und ich würde antworten: Nichts. Nachts könnten draußen Autos vorbei fahren oder nicht, tagsüber könnte man die Nachbarn hören oder nicht, morgens könnte mich die Sonne blenden oder nicht. Ich könnte alt sein oder jung, die Jahre sind egal. Es gibt keine Zukunft im Verfall. Es gibt eine Vergangenheit, aber nicht sehr lange. Es ist auch nicht wichtig. Vergangenes gibt es, um davon zu erzählen. Ich habe mir alle Geschichten erzählt, ich habe alle Momente durchsucht, ich habe alle Hintergründe erfragt, nach Motiven geforscht und nach Gründen, alle Fragen sind beantwortet oder eben nicht. Es gibt keine Antwort auf eine tote Augenhöhle. Eine tote Augenhöhle ist keine Frage.

Manchmal, immer seltener, wünsche ich mir ein Messer. Es ist das einer der letzten Wünsche, ein scharfes Messer in der gesunden Hand. Mit dem Messer die rechte Hand aufschneiden, zwischen den Mittelhandknochen, und sehen, ob Blut fließt. Spüren, ob es schmerzt, ob die Hand nur noch verdorrtes Holz ist, oder ob noch etwas Leben in ihr wohnt, tief in ihr drinnen, wo die Ärzte nicht hinkommen. Ob sie endgültig in das fremde Land der Dinge übergegangen, oder ob sie mir noch ein wenig loyal ist, ob es etwas gibt, das uns verbindet, außer totes Fleisch, ein paar Sehnen, ein Schultergelenk.

Das letzte Gefühl ist nicht die Angst. Ich habe schon lange keine Angst mehr, wovor auch. Eine Zeit lang hatte ich Schmerzen, jeden Tag, jede Nacht, immer Schmerzen, vom rechten Ellenbogen abwärts bis in die Fingerkuppen und noch weiter, in der rechten Augenhöhle, von der Wade bis zur Sohle, ziehende, tiefe Schmerzen, die sich rings um den Knochen versammelten. Daran kann ich mich noch erinnern, es ist der Schmerz, der alles ausgelöscht hat. Alles, was zuvor gewesen ist. Ein durchdringender, tief in einem sitzender Schmerz.

Ich weiß, dass es etwas wie Liebe gibt in fremden Leben, doch ich kann mich nicht erinnern. Ich weiß, dass es Hass gibt und Sehnsucht und Verzweiflung und Bedürfnisse, Freude und Angst, ich habe davon gelesen, irgendwann einmal mag ich es auch erlebt haben, ich kann mich nicht erinnern. Ich kann es beschreiben, ich kann Bilder und Metaphern hervorrufen, aber es ist nur in meinem Kopf.

Schmerz verstümmelt. Es gibt nur noch ein Leitmotiv, es gibt keinen Wechsel mehr zwischen Exposition und Durchführung, eine Melodie gibt Rhythmus und Stimmung vor, und die täglichen Variationen spielen gedämpft im Hintergrund. Alle Momente eines Tages, einer Woche, eines Monats, eines Jahres haben eines gemeinsam, alle haben sie die gleiche Grundmelodie. Schmerz, das ist ein Ohrwurm.

Die Zeit verschmilzt. Es gibt die Rituale, die Abläufe, Sonnenaufgang, Frühstück, Mittagessen, Abendessen, Sonnenuntergang, Nacht. Und immer dieses Ziehen im Arm, den Knochen entlang. Es geht nur noch gemeinsam, jeder Moment hat seine Begleitung, es gibt keine Hingabe mehr, keine Selbstvergessenheit, keinen Moment der Unschuld.

Es gibt keine Wünsche mehr, keine Triebfeder. Man gewöhnt sich. Früher habe ich auf dem Bauch geschlafen, ich konnte nicht anders. Eine Gewohnheit, ja, eine von Kindesbeinen antrainierte Gewohnheit. Ich lag auf dem Bauch und schlief ein, binnen Sekunden. Jetzt kann ich nicht mehr auf dem Bauch schlafen, ich muss aufgebahrt liegen, das Gesicht zur Zimmerdecke. Manchmal liege ich stundenlang wach und sehe die schiefen Übergänge zwischen Wand und Wand, Wand und Decke. Wenn es dunkel ist, passt das Zimmer nicht mehr zusammen, und ich sehe ihm zu, wie es aus der Form fällt. Irgendwann schlafe ich ein, man gewöhnt sich. Hin und wieder werde ich zur Seite gedreht, damit der Rücken nicht zu modern beginnt, damit er nicht unter seinem eigenen Druck verwest. Verwesen darf man nur, wenn man zwischen Deckeln liegt, unter der Erde. Davor nicht.

Es gibt keine Geschichte, es gibt keine Moral. Es

gibt keine Schuld, es gibt keinen Verlauf. Es ist alles zu einer Ewigkeit zusammengeflossen, auf allerkleinstem Raum. Die Menschen, die jetzt noch kommen, zu ihnen angebracht scheinenden Tageszeiten, kenne ich nicht mehr. Vielleicht waren sie einmal meine Freunde, meine Liebe oder meine Eltern, aber ich weiß nichts mehr von ihnen. Wenn sie unruhig im Raum umhersehen oder zu starren beginnen, wenn sie erzählen von ihrem Leben und ein schlechtes Gewissen bekommen, wenn sie versuchen, mich anzusehen, als wäre ich einer von ihnen, dann nicke ich. Ich will sie nicht kränken. Sie geben sich Mühe, das spüre ich. Manchmal, ganz selten, gibt es etwas wie Empathie in mir, Mitgefühl oder Mitleid, wenn sie sich allzu verzweifelt Mühe geben. Dann versuche ich, wie früher, den rechten Arm zu ihnen hin zu heben, ich versuche mich aufzurichten. Aber mein verrottender Körper weigert sich. Ich schließe die Augen vor Anstrengung, ich habe einen Augenblick die Hoffnung, es könne gehen, es müsse gehen, ich könne wieder Mensch werden, durch den Wunsch allein; dann sehen sie mir ins Gesicht und fragen, was ich hätte. Ich blicke auf meinen Arm, er hat sich nicht gerührt, keinen Zentimeter.

»Nichts«, sage ich. »Ich habe nichts.«

Und beinah schäme ich mich, weil es pathetisch klingt.

Fallada

Sie sah verkniffen aus wie ein zerdrückter Kronkorken. Sie saß auf dem WG-Sofa und schwieg. Sie hielt nicht einfach nur den Mund: Ihr ganzer Körper schwieg, und selbst ihr Blick hatte sich zusammengeklappt. Prock hatte den festen Eindruck, sie wünsche sich, in die Polster hineinzusinken und schattenhafte Rückstände zu hinterlassen. Wie eine Leiche, die erst nach zwei oder drei Tagen entdeckt wird, und deren Flüssigkeit sich noch Jahre später in den Polstern abzeichnet.

Sie war nicht besonders hübsch. Ihr zierlicher, zerbrechlicher Körper hatte die unnatürliche Haltung von Klosterschülerinnen im Unterricht angenommen und steifte sich die Rückenlehne entlang. Drumherum schlackerte ein Wollpullover. Ihre Beine stützten sich geschlossen auf dem Dielenboden, und Prock konnte ahnen, dass sie die Knie aneinanderpresste. Sehen konnte er sie nicht, weil sie ihre Hände darauf drapiert hatte, als müsste sie sich dekorieren. Ihre Hände waren kleine, feste Pranken mit unnatürlich nach außen gebogenen Daumen. »In einem anderen Jahrhundert wäre sie wohl Wäscherin geworden«, dachte Prock, während er sich ein Bier aus dem Kühlschrank holte.

Er wusste nicht genau, wer sie war und was sie in der WG-Küche zu suchen hatte. Vielleicht hatte Wilhelm sie von einer seiner Feiertouren mitgebracht, abgestellt und vergessen. Oder vielleicht war sie eine seiner, wie er sagte, »liebsten Freunde«, denen immer mal wieder die Wohnung gekündigt wurde und die dann in der WG strandeten, bis sie was Neues gefunden hatten. In diesem September ging es in der WG zu wie in einer Bahnhofshalle: Denn Wilhelm schleppte alle paar Stunden eine neue Studentin der Ernährungswissenschaften direkt von der Tanzfläche irgendeines Berliner Clubs mit auf sein Zimmer. Normalerweise blieben die »Damen«, wie er für gewöhnlich sagte, exakt so lange, bis die Drogen nicht mehr wirkten, und gingen dann, ein wenig beschämt, aber abenteuergesättigt, zurück zu ihren Freunden, zurück in ihren Alltag, zurück zu einem Leben, für das Wilhelm sie insgeheim verachtete. Und außerdem hatte er mit der Hälfte der Stadt Blutsbrüderschaft geschlossen. »Ich bin Künstler«, sagte er immer. »Ich brauche Freunde.« Diese Art der Argumentation bewog Prock, die ganzen Menschen, denen er im Gang, im Bad, in der Küche, im Wohnzimmer oder in den Zimmern seines Mitbewohners begegnete, schlicht zu ignorieren.

»Ich hab ihr gar nicht in die Augen gesehen«, dachte Prock, zuckte kurz die Schultern und ging duschen. Das Bad sah schon wieder aus wie bei anderen Leuten der Biomüll, und wenn er es sich genau überlegte, nicht nur das Bad, im Grunde die ganze Wohnung. Wilhelm hatte ihn von seiner waghalsigen Theorie überzeugen können, dass ab einem bestimmten Verschmutzungsgrad jegliches Putzen unökonomisch sei, weil die straßenverdreckten Schuhe immer mehr Schmutz mit nach draußen nehmen würden, als sie reinbrächten. Voraussetzung sei, dass der Boden schmutziger sei als das Treppenhaus. »Das ist statistisch erwiesen!«, hatte er lauthals geschrien. »Nieder mit den Putzplänen! Und nieder mit der Diktatur der Sauberkeit!« Immerhin setzte er sich inzwischen beim Pissen, auch nur, weil er die von Prock zu diesem Zweck neben der Toilette platzierten Pornozeitschrift durchblättern wollte, was, wenn er stehend pisste, leider nicht machbar war. »Verbote bringen halt nix«, dachte Prock. »Man muss Anreize schaffen.«

Als er in die Küche zurückkehrte, saß die Schweigende noch immer unbewegt auf dem Sofa. »Fallada«, dachte Prock. »Ich werde sie Fallada nennen.« Laut sagte er, was er zu Fremden immer zu sagen pflegte: »Hi, ich bin Prock. Ich wohne hier.«

Stille. Prock glaubte, ein Ächzen zu hören, und vermutete, dass es von Falladas Nackenwirbeln stammte. Dabei hatte sie noch nicht einmal den Kopf bewegt.

»Und du? Was machst du hier so?« Er erwartete keine Antwort. Sie hielt die Augen geschlossen, ihr Fuß wippte leicht, die Erschütterung ging durch ihren Arm, die Schulter und die linke Wange. Als hätte man einen kleinen Stein in einen riesigen, unbewegten See geworfen, dachte Prock. Und sagte: »Ich denke schon wieder romantisch. Kennst du das? Man macht die Augen zu, und schon hat man irgendein Bild im Kopf, das nichts, aber auch rein gar nichts mit dem zu tun hat, was man gerade gesehen hat. Es schmeckt anders, es riecht anders, es fühlt sich anders an. Nein, nicht besser: bloß anders. Und trotzdem passt es dazu.«

Er trank und sah versonnen aus dem Fenster. Den Blick hatte er vor dem Spiegel geübt: leicht verträumt, beinah schon glasig dreinzuschauen, als sähe er (und nur er) in der Ferne einen Turm, aus dem Licht strömte. Dann sich langsam, bedächtig die Stirn glatttreiben, kurz über ein Auge fahren und sich wegdrehen. Ausatmen nicht vergessen.

Fallada hielt die Augenlider noch immer fest verschlossen, wippte jedoch nicht mehr. Als Prock sich später auszog, um schlafen zu gehen, erinnerte er sich, dass ihre Nasenflügel gebebt hatten. Geflattert, dachte er.

Prock war Sexualopportunist. Sein gesamtes, unterdurchschnittlich ereignisreiches Liebesleben war bestimmt von der Tatsache, dass ihm Frauen zugestoßen waren. Die Frauen, die ihn umgaben, bewertete er nicht nach der Frage, ob er sich für sie interessierte, sondern ob es wahrscheinlich war, dass sie sich für ihn interessierten. Sahen sie ihn beispielsweise häufiger an, versuchte er, sich in ihrer Nähe aufzuhalten. Dann

trank er ein bisschen mehr als gewöhnlich und wartete, was geschah. Er hatte es sich angewöhnt, unauf-
dringlich und interessiert in Gesichter zu sehen, von
denen er glaubte, sie würden sich Desinteresse nicht
leisten können. Er konnte dann auf eine charmante
Art zurückhaltend sein: Prock schwieg sehr angemessen, und so kam es hin und wieder vor, dass er für sen-
sibel befunden und angefasst wurde. Da er offensichtlich nicht primär sexuelle Ziele verfolgte, ging ihm
bald der Ruf voraus, verständnisvoll und feinfühlig zu
sein. Dabei war er vor allem eines: feige.

In den zwei oder drei Stunden, die solche Gespräche normalerweise dauerten, ent- und verwarf Prock
wieder und wieder Verführungsszenarien, bis ihn der
Mut verließ. »Vielleicht sollte ich«, dachte er, »zufällig
ihre Hand berühren. Nicht aufdringlich, eher ganz
leicht. Wenn sie sie liegen lässt, dann gibt es Möglichkeiten. Wenn sie sie wegzieht, dann auch noch, allerdings weniger. Vielleicht sollte ich ihre Hand aber
auch nicht berühren – mich stört das ja, diese kleinen,
aufdringlichen Berührungen. Dieses Gestreife den
Handrücken entlang.« Und dann ließ er es.

Später entwickelte er unverfänglichere Methoden,

die Körperbarriere zu überwinden: Er studierte popu-
lärwissenschaftliche Chirologie-Bücher und brüstete
sich damit, die Zukunft aus Handtellern lesen zu können. Auf Partys verbrachte er seine Zeit damit, fremde
Lebenslinien entlangzufahren. Wenn er dann flüsternd
anhob, den Venusberg in Relation zum Saturnring zu
deuten, von Raszetten faselte und das Marsfeld inspi-
zierte, wagten es nicht viele, ihm rundheraus ins Gesicht zu lachen. Denn Prock konnte sehr angenehm
flüstern. »Vielleicht sollte ich ihr aus der Hand lesen«,
dachte Prock, und sah glasig zum Fenster hin. Dann erinnerte er sich, dass er ja alleine war und schloss flugs
die Augen. Denn verschwenden wollte er sich nicht.

Normalerweise träumte Prock nicht eben viel; gerade genug, um davon zu erzählen. Da er nicht sehr
fantasiebegabt war, fiel es ihm schwer, seine Träume
derart mit absurden Elementen aufzumotzen, dass sie
zumindest interessant klangen: Prock langweilte sich
im Schlaf. Deswegen reicherte er seine Träume mit Motiven aus dadaistischen Gedichtbänden an, was ihn
häufiger zu dem Gedanken verführte, er sei André Bre-
ton, und seine Zuhörer zu der Annahme, er sei origi-
nell. Vielleicht gar begabt. Zumindest unterhaltsam.

Dieses Mal konnte Prock sich überhaupt nicht mehr an seinen Traum erinnern: er war verunsichert. Denn davon hätte er gerne erzählt, einfach so in den Raum hinein, was mit ihm geschehen war in der letzten Nacht.

Dem Raum konnte sich Fallada nicht entziehen, und Prock empfand es als sein Hausrecht, eben jenen Raum zu füllen. Mit sich. Nur wollte ihm partout nichts einfallen.

Wenn Prock nichts einfiel, benahm er sich, als wäre jemand anwesend. Er stellte sich dann ans Fenster und rauchte, wie er es nannte, »plakativ«. Manchmal fiel ihm auch ein passenderes Wort ein, beispielsweise »bewusst«. »Theatralisch« allerdings vermied er, stattdessen sah er auf den Asphalt, die Straßenbahnschienen entlang. »Verkehrsmittel«, murmelte er durch die zusammengebissenen Zähne, »vielleicht ein Auto. Ein altes Auto, mit schwarzer Haube, ein Straßenkreuzer, wie es heißt, oder aber …«

Er hielt einen Moment inne. Nein, das war es nicht, es musste tragischer sein, älter, subtextreicher. Vielleicht ein Schiff. Nur waren Schiffe langweilig, sie fuhren ein, sie fuhren aus, das hatte er schon einmal gesehen, am Hafen von Rotterdam. Dabei war er eingeschlafen, und am nächsten Tag war er zurückgefahren. Schiffe fielen also aus, die waren unspektakulär. Außer … außer, sie sanken. Und dann, er hätte sich für den Einfall gerne selbst geküsst, dann dachte er an Lautréamont, »Die Gesänge des Maldoror«. Gab es da nicht diese Szene, als einer, am Ufer stehend, einen Schiffbruch beobachtete, weit draußen? So weit draußen, dass nur einer, ein starker Schwimmer, in der Lage gewesen wäre, sich ans Ufer zu retten? Und zog Maldoror dann nicht die Armbrust, ihm die Schulter zu durchschießen, um dem Schwimmer beim jämmerlichen Ersaufen zuzusehen? Doch, so musste es gewesen sein. Nach kurzer Überlegung beschloss Prock, sich als Schwimmer darzustellen, und nicht als Schützen, denn brutal wollte er nicht erscheinen, nicht einmal als Traumgestalt.

Sie saß noch da, wie am Tag zuvor, ein wenig zerknittert, aber sie hatte ihre tadellose Haltung bewahrt. Während er Kaffee kochte, legte sich Prock seine ersten Sätze zurecht, bis er sich, die dampfende Tasse in der einen, die Gauloise in der anderen Hand, vor ihr niedersetzte.

»Ich habe seltsam geträumt«, sagte er, und genoss

den kurzen Moment des Schweigens. Im Erzählen betrachtete er sie aufmerksam, um sich ihre Gesichtslinien einzuprägen, die, obwohl doch scharf, seltsam undeutlich verliefen. »Im Profil muss sie vorteilhafter aussehen«, dachte er, und tatsächlich schienen die beiden Hälften ihres Gesichtes nicht recht zueinander passen zu wollen. Ihm war so, als hinge die linke Hälfte ihres Gesichtes ein wenig tiefer, als seien die Muskeln dieser Hälfte schneller erschlafft.

Ihre blauen, von grünen und gelben Punkten durchsprenkelten Augen ruhten auf seinen Lippen, und Prock war sich für einen Moment ungewiss, ob sie nicht vielleicht taubstumm sei.

Den Tag über gefiel er sich darin, hin und wieder an ihr Gesicht zu denken in Situationen, die er für unvermittelt hielt. Obwohl er sich ihre Züge nur verschwommen vor Augen rufen konnte und sie im Laufe der Zeit immer mehr einer Art Mash-Up vorheriger Liebschaften glichen, berührte ihn der Gedanke, dass er sie wohl auf eine Art gerne mochte. Nach und nach überzeugte er sich davon, das alles, was zwischen ihnen beiden geschehen könnte, einzig von seinen Handlungen abhing, von den Schritten, die er jetzt zu gehen hatte. Tatsächlich war es ihm schon immer schwer gefallen, sich nicht überzeugend zu finden. Nur war Prock kein Stratege: eine Konkretisierung dessen, was geschehen solle, blieb aus.

Dennoch war er enttäuscht, als er abends auf dem Sofa eine aufgeräumte, beinah lebhafte Fallada vorfand, die zwar zittrig, doch mit Appetit verspeiste, was Wilhelm ihr reichte. Ihre Stimme klang, obwohl matt und erschöpft, ein wenig schrill in seinen Ohren, und als sie sich am Kopf kratzte, hatte er den unangenehmen Eindruck von Banalität. Hi, sagte er, und sie sah halb interessiert zwischen ihm und Wilhelm hin und her. »Hi, ich bin Prock und ich wohne hier«, seufzte Prock und schlenderte zum Kühlschrank. Zwar war das Bier alle, immerhin aber fand er noch einen Rest Soave im Seitenfach.

Er war dann schnell in sein Zimmer verschwunden und für kurze Zeit tatsächlich traurig. Es schien ihm die richtige Maßnahme, das Licht zu löschen und in der Dunkelheit, im Sessel sitzend, zu rauchen: Er hatte in Büchern gelesen, dass man dann in den Himmel zu blicken hatte. Er redete sich in solchen Situationen gerne ein, dass er ganz und gar in die Enttäuschung hinein sinken könne, und rief sich krampfhaft alle Situationen ins Gedächtnis zurück, die ihn jetzt in diese Lage gebracht hatten. Nach einer halben Stunde befand er, dass es nun genug sei und legte sich ins Bett, wo er ohne lange zu zögern einschlief.

Am nächsten Morgen war die Küche leer. Prock dachte einen Moment daran, dass Fallada vielleicht noch in der Wohnung sei, vielleicht gar in Wilhelms Zimmer, und überraschenderweise versetzte ihm diese Vorstellung einen kleinen Stich. Er wartete ungeduldig darauf, dass Wilhelm aufstand, und trank viel Kaffee. Doch Wilhelm, das war auch Prock klar, würde noch einige Stunden schlafen: So lange wollte er nicht warten.

Also ging er in seinen Tag hinaus, und als er am Abend heimkehrte, kochten Wilhelm und er seit langer Zeit einmal wieder zusammen Abendessen. Über Fallada verloren sie kein Wort.

Punk Dead

Das ist Punk, dachten wir. So wie er, dachten wir. So gut man eben mit vierzehn Punk sein konnte in einer süddeutschen Kleinstadt, also nicht sehr. Ein Freund aus Cottbus hat mir mal erzählt, es hätte bei ihnen nur drei Möglichkeiten gegeben, was man als Teenager hätte sein können: Punk, Nazi oder Hip-Hopper. In einer idyllischen süddeutschen Kleinstadt mit spitzen Kirchtürmen und Lateinleistungskursen, mit den ganzen Audis als Zweitwagen, mit Wäldern und Wiesen, mit Kühen auf der Weide und Ochsen im Rathaus, war das anders. Wir waren so sehr Provinz, wir hatten noch nicht einmal Subkultur. Der nächste soziale Brennpunkt war ein Asylbewerberheim in vierzig Kilometer Entfernung, München und Stuttgart hielten wir für Großstädte. Wir hatten keine Ahnung, von nichts. Wir machten noch nicht einmal Hitler-Witze.

Weil es keine Subkultur gab und wir keine zusammenbrachten, imitierten wir sie: Wir verkleideten uns als Kurt Cobain, weil wir uns Nine Inch Nails nicht zutrauten. Wir hörten weißen Hip-Hop und trugen Baggypants, weil wir uns vor Snoop Doggy Dog erschreckten. Wenn wir genug Fußball gespielt hatten, stellten wir uns nach dem Abendessen noch für eine Stunde oder zwei auf ein Skateboard, um uns entweder das Knie zu brechen oder endlich diesen verdammten Kickflip hinzubekommen, der die Schultreppe hinunter wirklich cool aussehen musste. Ja, wir sagten cool. Und fett. Fat. Wir waren armselig.

Jochen war nicht so. Jochen hatte, na, er hatte credibility. Er kam aus Rügen, Anfang der Neunziger. Rügen, das wussten wir, das hatte man uns in Sozialkunde beigebracht nach Solingen, Mölln und Rostock-Lichtenhagen, war voller Nazis. Rügen war Kartoffelkopfland. Statt an Spazierstöcken gingen die Opas dort an Baseballschlägern spazieren. Dort las man keine Bravo, sondern alte, in Plastik eingeschlagene Landserhefte. Unser Gemeinschaftskundelehrer, ein geflohener Masure, erklärte uns, das läge daran, dass die Leute die DDR nicht vertragen hätten.

Es gab wohl ein paar Punkkonzerte bei uns ums Eck. Einmal im Jahr kam die Terrorgruppe in die Stadt und zeigte ihre Pimmel, ein großes Ereignis meiner Jugend. Wir hatten eine ungefähre Vorstellung von Unangepasstheit und wir hofften, wir würden dafür Verständnis bekommen. Als einer meiner besten Freunde in Latein wunderbarerweise eine Zwei schrieb, erlaubten ihm seine Eltern einen Wunsch: Er durfte sich endlich seine Haare lila färben. Verständnisvoll nickte die Mutter, Revolte per Dekret. Die Hosen, die er zur neuen Frisur trug, waren von Carhartt und kosteten mehr als meine Miete heute. Die Haare hatte er sich bei dem Friseur machen lassen, den ihm seine Großmutter empfohlen hatte.

Irgendwann jedenfalls kam Jochen in die Schule mit diesem seltsamen Dialekt, der beinah Hochdeutsch war, zerrissenen Hemden und zerfransten Jeans, ungewaschen und mit ein paar verfilzten Strähnen auf dem Kopf. Wir wussten zwar, dass Menschen sich nicht häuten, aber hätten sie es doch getan, hätten sie so ausgesehen. Als er vor der Klasse stand und vorgestellt wurde als der Neue, hatte er seinen Walkman auf. Das war das erste Mal, dass ich die Kassierer hörte.

Jochen war aufregend. Wenn wir in der Mittagspause zusammenstanden und Leberkäse aßen, ging er
müllern. Es gab bei uns keinen Plattenladen, es gab
nur ein drittes Obergeschoss in der Filiale einer Dro-
geriekette, wo ein Haufen CDs rumstanden, und die
Hälfte war Jazz oder Kirchenmusik. Hätte man vom
Müller-Sortiment auf die Demografie der Stadt geschlossen, man wäre zum Ergebnis gekommen, es
handle sich um eine Lehrerkolonie. Jochen ging kurz
weg, kam nach einer Viertelstunde wieder, und wenn
wir ihn fragten, was er gemacht habe, zeigte er uns einen Haufen CDs von Pennywise, NOFX, No use for
a name und Propagandhi. Woher er die hatte, fragten
wir. Er nickte. Ob er denn so reich sei, fragten wir, er
nickte.

Ich mochte die Musik nicht, ich war klassisch sozia-
lisiert. Doch Jochen gefiel mir. So müssen sich liberal-
konservative Bürgermeister fühlen, wenn sie ein gut-
integriertes Mitglied der Gesellschaft mit Migrations-
hintergrund über ihren Marktplatz spazieren sehen.
Er war eine Art Farbtupfer, der Beweis, dass Jugend
funktionieren konnte, selbst hier. Dass es nicht immer
so laufen musste, mit 12 erster Kuss, mit 16 das erste

Mal, mit 18 ein eigenes Auto, mit 20 Kommunist und am Ende Zahnarzt oder Unternehmensberater. Wir brauchten ihn als eine Art Inkarnation der Realität, wie wir sie aus den Filmen und den Serien kannten. Wir hörten ihm zu, wenn er davon erzählte, wie sein älterer Bruder beinah einmal eine Bazooka erstanden hatte, und wie er von Nazis verprügelt worden war. Die Narbe an seinem Bein war 25 Zentimeter lang.

Wir waren damals in jener Übergangsphase, die nur Landkinder erleben: Wir luden uns nicht mehr abends gegenseitig in unsere Käffer, unsere Elternhäuser ein, um zusammen in einem der Kinderzimmer zu schlafen, nachdem wir einen Nachmittag lang gemeinsam Hausaufgaben gemacht, Fußball gespielt und die Simpsons gesehen hatten. Aber wir hatten noch nicht damit begonnen, wilde Sturmfrei-Partys zu feiern. Meistens sahen wir uns nachmittags, während der Mittagspause oder weil wir sonst »in der Stadt« blieben, saßen herum und spielten rauchen.

Anders wurde es irgendwann in der siebten Klasse. Unser allererste Party. Bei einem Lehrerkind. Sie hieß Marie, und wir dachten alle, dass sie Jochen sehr gerne mögen musste, denn ihm hatte sie als allererstem von der Party erzählt, mit hochrotem Kopf zwar, doch immerhin. Okay, nachdem sie ihren Freundinnen davon erzählt hatte. Und nachdem ihre Freundinnen davon die gesamte Stufe in Kenntnis gesetzt hatten. Aber immerhin.

Wir waren alle eingeladen und bereiteten uns minutiös auf diese Party vor, oder, wie manche, die man dann am liebsten wieder ausgeladen hätte, es nannten: auf dieses »Feschdle«. Wir eruierten, wer auf wen stehen könnte, wer wen nicht mochte, wie man das denn macht mit dem Sich-gegenseitig-Ansprechen, und allein bei der Vorstellung, irgendjemand könnte was Langsames auflegen, schwitzten uns die Hände so sehr, dass wir unsere Kakao-Flaschen aus der Hand legen mussten. Wir nahmen Kassetten auf, auf denen die Ärzte auf Whigfield (oder wie die noch hieß) folgten, heute würde man die ganze Geschichte Trash-90er-Musikstrecke nennen. Cotton Eye Joe, um Himmels Willen. Wenn da nicht Jochen gewesen wäre.

Wir trafen uns vorab bei Tom, der wohnte in der Stadt, in der das Gymnasium stand. Stadt ist viel gesagt, keine der Häuseransammlungen war größer als das Kaff, in dem das Gymnasium stand, zumindest nicht in erfahrbarer Umgebung. In unserer Erfahrung war das die Stadt. An diesem Tag regnete es, und als wir aus unseren Bussen stiegen, um zu Tom zu laufen, summten einige von uns irgendwas von wegen »Schlaf ist ungesund« vor uns hin.

Toms Vater war Steinmetz, er besaß ein Haus in einer Art Vorstadt, die in den 70ern mal als Neubausiedlung durchgegangen war. Toms Eltern hatten keinen Garten, stattdessen standen vor dem Haus all die noch unabgeholten, vorbestellten Grabsteine herum, ungefähr an die 150 Stück. In manchen war das Geburtsdatum eingraviert, das jüngste Geburtsdatum war auf den 01.05.1974 datiert. Schon damals waren wir erstaunt, wie vorausschauend Schwaben sein können.

Wir trafen uns, wie immer, bei Tom. Jochen kam etwas später, er grinste. Wir kannten dieses Grinsen, wir bewunderten ihn für dieses Grinsen, so grinste er, wenn er nachmittags vom Müllern kam. Sein Rucksack schepperte. Er zog eine CD aus seiner Tasche und sagte: »Mach doch mal das.« Während Pennywise aus den Boxen dröhnte, legte Jochen den Rucksack unter seinen Stuhl und grinste. Der Rucksack hatte geklimpert.

»Wasn da drin?«, fragte Tom.

»Wieviel Uhr isn?«, fragte Jochen.

»Fast acht.«

»Und wann fahrn wir?«

»Inner halben Stunde.«

»Gut. Ich zeig's euch, wenn wir losgefahren sind.«

Der Weg durch das Kaff, das wir damals Stadt nannten, sah in ungefähr so aus: Erst kamen Einfamilienhäuser, dann kamen noch mehr Einfamilienhäuser, ein Blumengeschäft, ein Metzger, ein Buchladen, drei verschiedene Banken, vier oder fünf Mehrfamilienhäuser, eine Tankstelle, wieder Einfamilienhäuser. Marie wohnte nach Süd-Westen hin raus, beinah schon im Wald, nachts hörte man Füchse. Am Eingang der Siedlung bestand Tom darauf, den Rest zu Fuß zu gehen, und weil sein Vater sich anfangs weigerte, wäre er fast aus dem fahrenden Auto gesprungen. So war Tom: hart und rebellisch.

Es gab eine kleine Einbuchtung hinter einem Möbellager ungefähr 50 Meter von Maries Haus entfernt, dort zerrten wir Jochen hin. Der setzte sich erst einmal in aller Ruhe hin und zündete sich eine Gauloises an, damals rauchten ausnahmslos alle Gauloises, warum, habe ich vergessen. Dass auch er nervös war, merkten wir erst daran, dass er sich die Zigarette falschrum angezündet hatte. Einige Minuten später, nachdem sich Jochens Bronchien wieder etwas beruhigt hatten, öffnete er mit großer Geste den Rucksack: Tadaaaa!

Drin waren ungefähr 15 kleine Flaschen Apfelkorn und Saurer Apfel und was man sonst noch so Widerliches mit Apfelaromen in Verbindung mit Alkohol anstellen kann, ein Sixpack Bier und – uiuiui – eine Flasche Jägermeister. Eine große. Ein ganzer Liter Jägermeister. Wir waren durchaus schwer beeindruckt.

Und wussten nicht so recht, was tun. Jochen reichte jedem von uns ein Bier, dass wir vier Feuerzeuge später einigermaßen unfallfrei aufbekommen hatten, nur Tom hatte seins zu Boden fallen lassen. Wir standen da und machten unsere ersten Erfahrungen darin, wie man ein Bier hält, ohne dabei auszusehen wie ein Neandertaler auf dem Golfplatz.

Irgendwann meinte Tom: »Wetten, dass du's nicht schaffst, den Jägermeister leerzutrinken. Auf ex.«

Jochens Augen funkelten.

»Doch«, sagte er, »das schaff ich.«

Manchmal sehe ich mir die alten Fotos an aus der

Zeit. Viele sind das ja nicht mehr, ein paar Bilder vom Schullandheimaufenthalt auf Sylt, ein Schnappschuss von Toms Vater zwischen den ganzen Grabsteinen und ein Klassenfoto, das ist mein Lieblingsbild. Wir bekamen vorab Briefe nach Hause, die unsere Lehrerin eigenhändig unterzeichnet hatte, in denen unseren Eltern, die alle noch verheiratet waren, und zwar das erste Mal, in denen jedenfalls unseren Eltern mitgeteilt wurde, der Schulfotograf komme und wir sollten entsprechend eingekleidet sein. Und wie adrett wir alle aussahen! Die Mädchen im Blümchenrock, die Herren mindestens im Poloshirt, viele auch im Hemd. Dass keiner Smoking getragen hat, eines der Mysterien unserer Eltern, die noch Bauern genug waren, um einen Trachtenanzug für vornehmer zu halten, aber schon ausreichend Kleinbürger, um einzusehen, dass das nicht geht: ein Trachtenanzug auf einem Klassenfoto.

Da hinten rechts, das ist Jochen. Ja, genau der, der sich da lässig mit den Armen zwischen uns abstützt, in seinem zerrissenen lila T-Shirt, mit den ausgewaschenen Hosen. Damals waren wir verwundert darüber, dass er bei den Klassenfototerminen so abgeranzt (wir sagten »abgeranzt«, die Eltern »verratzt«) daherkam, allerdings stellten wir keine Fragen. So war der Jochen eben. So war der. Inzwischen weiß ich, dass sich seine Mutter keine Hemden für die Blagen leisten wollte.

Jochen setzte den Jägermeister an und trank ihn in einem Zug aus, bis auf einen kleinen Rest, den er in einer weltmännischen Geste herumzeigte: »Mal probieren?« Auf dem Weg ins Haus begann er, leicht zu schwanken, und im Hausflur legte er sich unter den Glastisch. Als ihm schlecht wurde, versuchte er – dong – drei Mal – dong – aufzustehen, – dong – bis ihn einer am Arm nahm. Er verwüstete den kompletten Flur und das Bad, legte sich vor der Toilette auf den Rücken und begann, blau anzulaufen. Wir standen daneben und trauten uns nicht, die Feuerwehr zu rufen.

Irgendwer hat ihn dann doch auf die Seite gedreht und die ganze Kotze aus seinem Hals geholt, sonst wäre er wohl erstickt. Sechs Stunden lag er im Koma, und die Legende will, dass, als er aufwachte, seine ersten Worte waren: »Wo kann man hier rauchen?«

Drei Wochen nach dem Vorfall kam er auf ein Internat, wir sahen uns lange nicht.

Vor zwei Jahren trafen wir uns zufällig im kleinsten, im größten, im einzigen Café der Stadt, wir waren beide auf Besuch, er nannte es »Fronturlaub«. Wir tranken drei, vier Biere auf die Vergangenheit, und drei vier Schnäpse auf die Zukunft. Er Jägermeister. Ich Magenbitter.

Inzwischen ist er Unternehmensberater, war Trainee bei Ernest & Young oder so und wollte nach Peking fahren, Chinesisch lernen. Das sei gut für die Karriere. Ich hab ihm viel Glück gewünscht.

Tatsächlich war ich verwundert, wie gut sein gestärktes Hemd ihm stand. Gegenüber hörten drei Jungs auf den Stufen des Rathauses Billy Talent. Einer hatte ein lila T-Shirt an.

Randgruppenmitglied

Unverständliches schreiend, hatte Jana die Wohnung verlassen. Zum Ausdruck ihrer Wut hatte sie – natürlich – die Tür ins Schloss geworfen. Vielleicht war er beim Klang der zufallenden Tür zusammengeschreckt, denn er mochte keine lauten Geräusche. Ich mag keine lauten Geräusche, sagte er für sich, und gab seinen Worten, ohne es zu beabsichtigen, einen vorwurfsvollen Ton.

Sie hatten eine ihrer seltenen Streitereien gehabt. Es hatte bestimmt einen Anlass gegeben. Es gab immer einen Anlass. Es gab für alles einen Anstoß. Es gab für alles ein Thema. Nur wusste er nicht mehr, welcher Anlass, welcher Anstoß. Welches Thema. Er ahnte dunkel, dass es darum schon längst nicht mehr ging: Sie stritten nicht mehr über Themen. Worum mochte es gegangen sein? Dass die Blumen nicht gegossen worden waren, dass die Waschmaschine nicht ausgeräumt war, dass der Abwasch dastand wie all die Tage zuvor, dass die Regalbretter seit drei Wochen im Flur lehnten und niemand Anstalten machte, sie an den Wänden festzuschrauben. Es war banal und völlig gleichgültig, welches Thema sich Jana zum Anlass nahm, um ihre Aggressionen auszuleben; natürlich hatte sie den Streit begonnen. Sie begann immer, und immer mit einem Gambit. »Es tut mir leid, dass ich, aber Du hättest doch auch«, das war ihre Eröffnung, das hatte sie schon häufig erprobt. Erst bot sie ihm ein Opfer an, und dann nahm sie Tempo auf. Fünf Jahre, und er hatte noch immer keine Antwort gefunden auf diese ihre Eröffnung.

Wozu auch. Er hatte sich damit abgefunden. Sie war eben manchmal ein unzufriedener Mensch, sie brauchte dieses Ritual, sie brauchte diese Streitereien. Es ging nicht um ihn, es ging nicht einmal um ihr Verhältnis zu ihm. Er hörte schon an ihren Schritten im Treppenhaus, ob sie ihm wieder seine Lethargie, wieder seine Teilnahmslosigkeit, wieder seine Gleichgültigkeit vorwerfen würde, dafür fand sie nie genug Synonyme. Ihm hingegen fiel immer nur ein Wort ein, mehr gab sein Hirn nicht her: Er fand sie flatterhaft. Das sagte er auch gern: »Du bist flatterhaft.« Wenn er guter Dinge war, deutete er mit seinen Händen ein wenig Gewedel an.

(In zärtlichen Momenten nannte er sie seinen Schmetterling.)

Innerhalb weniger Minuten jedenfalls hatte sich der Anlass des Streits zu einer allgemeinen Tirade ihrerseits ausgewachsen, ohne dass er die einzelnen Züge hätte nachverfolgen können. Er hatte, wie er es gelernt hatte, still dagesessen, die Hände auf den Tisch gelegt und zugehört. Er hatte registriert, wie ihr nach und nach das Blut in die Schläfen stieg und ihre Oberlippe zu zittern begann. Wie sie ihn zornfunkelnd angesehen hatte, mit kurzen, scharfen Blicken. Ohne auf ihre Worte zu hören, hatte er so nachverfolgen können, wie sie sich nach und nach in einen Zustand der Erregung katapultiert hatte, aus dem er sie nicht mehr hätte herauslösen können. Dann hatte er, wie gewöhnlich, mit gedämpfter Stimme zur Tischplatte gesagt, dass er sie jetzt sowieso nicht mehr erreichen könne, dass ein Gespräch auf dieser Basis nicht möglich sei und sie sich erst einmal beruhigen solle, bevor sie sich noch weiter in ihre Wut hineinsteigere.

Und immer, wenn er geendet und mit Hoffnung in der Stimme gesagt hatte, sie möchte wieder zur Vernunft kommen, blieb sie einen kurzen Moment still. Von draußen hörte man den Straßenlärm herauftönen, und jedes Mal aufs Neue dachte er für einen Augenblick, sie hätte Vernunft angenommen und würde ihn jetzt in Frieden lassen mit den ganzen Kleinigkeiten, die sie zu beanstanden hatte, mit dem Abwasch, den Brettern im Flur, der Waschmaschine, all den Dingen. Ein jedes Mal hoffte er, sie reagierte nicht, wie sie für gewöhnlich reagierte, wie sie immer reagierte, sondern nur dieses eine Mal Luft holen und ihn in die Arme schließen und Entschuldigung sagen. Wenn er dann aufsah zu ihr, wusste er, dass er sich getäuscht hatte, schon wieder. Er hatte es schon vorher gewusst.

Es war der Moment, in dem sie ihn fassungslos mit großen, wässrigen Augen ansah und flüsterte: »Du spinnst doch, du Arschloch!« Und dann begann sie wieder zu schreien, noch absoluter dieses Mal, noch prinzipieller, noch grundlegender, bis sie, in einem Anfall von theatralischer Verzweiflung, jene sechs Worte ausstieß, auf die er schon den ganzen Abend gewartet hatte: Du. Liebst. Mich. Doch. Gar. Nicht. Du liebst mich doch gar nicht!

Und kaum hatte sie's gesagt, nahm sie ihre Jacke und verließ, Unverständliches schreiend, die Wohnung, wobei sie zum Ausdruck ihrer Wut die Tür derart ins Schloss fallen ließ, dass im Küchenschrank die Gläser klirrten.

Und jetzt saß er, wie gewöhnlich, am Küchentisch und versuchte, etwas Unordnung in seine Gedanken zu bringen, um sich sagen zu können, er sei aufgewühlt, und sie habe Unrecht.

Er sah auf die Uhr. »Du liebst mich doch gar nicht!«, hatte sie geschrien, es hatte genau siebzehn Minuten gebraucht, normalerweise brauchte es etwas länger. Er versuchte sich zu erinnern: Hatte sie sich nicht beinahe die Haare gerauft und sich beinahe die Augen ausgekratzt und beinahe geheult? Aber für wahre Tränen war in diesen Minutenstreits kein Platz. Es war im Grunde auch gar kein Streit. Es war mehr – und als er dieses Wort dachte, musste er lächeln – es war mehr ein »Ausbruch«, eine »Eruption«, hätte Jana gesagt, eine »Explosion«, etwas, was herauswill, hätte sie gesagt und das strähnige Haar geschüttelt. Um Wahrheit ging es nicht, es war nicht wichtig, ob der Satz stimmte, das erklärte sie im Nachhinein immer und würde es auch dieses Mal wieder erklären, es ging um den Ausdruck, um den Effekt, um, wie sie sagte, die »Performativität«. Sie hatte studiert.

Er wusste, dass sie den Satz nicht ernst meinte.

Doch noch war nicht der Zeitpunkt für Relativierung und Kontextualisierung. Jetzt war die Zeit, da er versuchte, betroffen dreinzusehen, als säße sie ihm noch gegenüber. Denn das war natürlich ein untragbarer Vorwurf. »Du liebst mich doch gar nicht«, das konnte er nicht auf sich beruhen lassen. Er hatte sich ein ganzes Arsenal an Gegenmaßnahmen zurechtgelegt, einem solchen Vorwurf zu entgegnen; aber im ersten Moment war er meist zu überrascht, um angemessen unangemessen reagieren zu können. Er hatte sich einst ganze Zettel vollgeschrieben mit Gesten, die er sich überstreifen wollte in solchen Momenten: tief ausatmen beispielsweise, sich mit Zeigefinger und Daumen der rechten Hand über die Augenbrauen fahren, dabei die Stirn kraus ziehen, oder sich mit der linken Hand in den Nacken fassen und zu Boden sehen. Betroffenheit spielen, Trauer, Angst, Verletztheit. All das. Gesten, die ihr zeigten, wie Unrecht sie ihm tat. Wie sehr sie ihn traf in ihrer Performativität. Gesten, die zeigten, dass auch er ein Mensch war, den sie nicht ohne Konsequenzen für ihre Ausbrüche benutzen konnte, hernehmen und verbrauchen.

Kurzum, »Du liebst mich doch gar nicht!« war ein furchtbarer Satz.

Dabei empfand er ihn nicht als unzutreffend.

Zwei Monate zuvor war er zu einem ähnlichen Schluss gekommen. Er stand damals im Wohnzimmer, es war irgendein Nachmittag, die Sonne kam vom Himmel und aus dem Hinterhof hörte man die Geräusche der Nachbarn. Er wollte sich gerade auf den Balkon setzen, als er kurz am Wohnzimmertisch stehen blieb. Da standen zwei Kerzenständer auf einem Untersetzer, blankpolierte, silberne Kerzenständer, mit halb abgebrannten Kerzen darin. Sie hatten die Kerzenständer ein halbes Jahr zuvor zusammen in irgendeinem Einrichtungshaus gekauft, sie hatte mit dem Finger darauf gewiesen, gefragt, ob sie ihm gefielen, und er hatte genickt. Jetzt sah er sie an und resignierte.

Sie waren schlicht, trotzdem ein wenig kitschig,

klobig und silbern. Am Fuß liefen sie zu Kanten aus, die Oberfläche glänzte. So war sie, das mochte sie. Das waren ihre Kerzenständer, nicht seine. Das war ihr Stil, nicht seiner.

Er sah sich in der Wohnung um: Überall war Metall. Der Bilderrahmen glänzte matt, der CD-Ständer hatte eine gerundete, gebogene Form, in der Mitte des Raumes stand vor der Ledercouch ein Glastisch mit geschwungenen Metallbeinen. Über dem Sofa hing ein Architekturbild, das er zum ersten Mal seit ihrem Einzug näher betrachtete: Es musste irgendein Hochhaus in New York sein, das darauf abgebildet war; auf einem schwarzen, klobigen Metallschrank stand der große Fernseher.

All das interessierte ihn nicht. New York interessierte ihn nicht, Glas interessierte ihn nicht, das Fernsehen interessierte ihn nicht, Metall interessierte ihn nicht. Es schien ihm, als sei er durch Zufall in diese Umgebung hineingeraten, als habe all das, all die Kerzenständer und Tische und Bilder nichts mit ihm zu tun; ihm kam das alles wie ein Unfall vor. Er hatte sich dahinein verlaufen. Selbstverständlich hatte er zu jedem der Gegenstände in der Wohnung genickt, als Jana ihn fragte, ob er sich damit würde anfreunden können; doch sein Nicken war ein abwesendes gewesen.

Er war mit seiner Umgebung nur flüchtig bekannt. Selbst die Blumen auf dem Balkon, deren Pflanzung er durchgesetzt hatte und die er ausgewählt hatte, schien ihm unangebracht und falsch. All das passte ihm nicht, es passte nicht zu ihm. Er hatte den unangenehmen Eindruck, für anderes bestimmt zu sein.

Hätte er sich gefragt, welchen Stil er bevorzugte, er hätte keine Antwort gewusst. Oder vielmehr: Er hätte ein Dutzend Antworten gewusst. Je nach Tageszeit hätte er sich für Second Empire begeistert, für eine Bauernstube, für mediterrane Kacheln, für Dielen, Teppich oder Parkett, für einen Kamin oder eine Playstation. Seit seiner Erkenntnis kam es vor, dass er abends im Bett lag und sich in ein Krankenhauszimmer träumte, aus dessen Fenster man einen leicht verwilderten Park sehen konnte. Schien draußen die Sonne, dachte er an Gartenmöbel, wie er sie aus seiner Kindheit kannte, an eine Terrasse mit einem kleinen Tisch aus Holz; wenn es schneite, wünschte er sich einen langen Tresen in der Küche, an dem man hätte sitzen können und Wein trinken.

Er stand auf und ging durch die Wohnung. Graue Gardinen, eine Fotowand, eine formschöne Kaffeemaschine, der man ansah, dass sie Geld gekostet hatte. Ein Gabbeh-Teppich mit grafischem Muster, Familiengeschenk. Auf dem Balkon eine Lichterkette, für die Stimmung, und ein gelbes Sturmlicht. Irgendwo hing ein Windspiel. Alles war aufgeräumt, es passte zueinander, ohne uniform zu wirken, die Wohnung hatte Charakter; das sah man. Und sie war sauber. Es passte alles gut zusammen.

Nur er passte nicht. Als ihm neulich eine Socke hinter die Waschmaschine gefallen war, hatte er eine feine, kaum sichtbare Ecke Schimmel entdeckt. Darüber hatte er sich wenn auch nicht gefreut, so doch ein wenig erleichtert gezeigt: So sehr befriedigte ihn das bisschen Verfall, dass er die Waschmaschine, nachdem er seine Socke hervorgefischt hatte, lächelnd ein Stück weiter an die Wand schob, ohne den Mangel zu beheben. Sie hätte an seiner Stelle ohne Frage die Putzsachen aus dem Verschlag in der Küche geholt, keine Ruhe gegeben, bis wieder alles glänzte, und dann ausführlich über die von ihr ergriffenen Maßnahmen referiert. Und er hätte versucht, ihr nicht zuzuhören.

Er schloss aus seiner mangelnden Liebe nicht, dass sie nicht zusammenpassten. Das Gegenteil war der Fall: Sie passten vorzüglich zusammen. Abgesehen von den seltenen Streitereien, denen er keine große Bedeutung beimaß, harmonierten sie. In ihrer Eigenart lag für ihn ein Zauber, der ihn jedes Mal aufs Neue staunen ließ. Er war noch immer überrascht, wie sie auf manche Situationen reagierte, er hatte noch immer Respekt vor ihrer Stimme, wenn sie sich am Telefon mit der Mutter stritt, und freute sich auch jedes Mal aufs Neue, wenn er sie beim Einschlafen Fieplaute machen hörte. Es gab viele dieser kleinen Momente, die ihn – ihm fiel kein besseres Wort ein – bezauberten.

Abgesehen von diesen kleinen, überraschenden Momenten war sie ihm insgesamt angenehm. Er mochte ihre Hand, die weich war und leicht, er mochte ihren Mund, der klein war und fest, er mochte ihr Gesicht, das schmal war und unrein, er mochte ihre Haare, die strähnig waren und blond. Er mochte all das, es war Sympathie in ihm. Er hörte ihr gerne zu, wenn sie sprach, sie hatte diesen leichten friesischen Akzent, den er nicht verstand, den er nicht begriff, den er nicht imitieren konnte. Er mochte ihre Geschichten, wenn sie von der Arbeit erzählte oder über ihre Familie schimpfte, wenn sie ihre Witze nicht zu Ende erzählen konnte, weil sie die Pointe vergessen hatte; all das war ihm angenehm. »Ich finde das gut«, sagte er sich, wie zur Bekräftigung.

(Am Anfang ihrer Beziehung war das noch anders gewesen; Es hatte ihn genervt, wenn sie fünf Minuten von Ameisen und Kirchen sprach, ohne zum Punkt zu kommen. Jetzt aber freute er sich, wenn er merkte, wie sehr sie sich verhaspelte.)

Sie zu mögen war einfach: Denn sie war launisch und unausgeglichen, aufbrausend und gegenwärtig. Sie hatte Charakter. »Ich finde das gut«, sagte er wieder, »sehr gut.« Sie war eine Person. Sie war nicht handzahm, sondern eigen. Bei ihr fühlte er sich gebraucht: Wenn er unachtsam war oder abwesend, wurde sie knurrig. Sie forderte ihn: Wenn er nicht ganz bei ihr war, dann drohten Krisen. Er empfand das als Herausforderung.

Er nahm das Telefon und ließ bei ihr anklingeln. Nach vier Freizeichen schaltete sich die Mailbox an. Noch immer in Gedanken, wusste er nicht was sagen, und legte wortlos auf.

Klar, er musste Kompromisse machen. Weil sie Vegetarierin war, aß er nur noch selten Fleisch. Weil sie mehr Geld hatte, kaufte sie die Einrichtungsgegenstände, und er nickte dazu. Weil sie sich sorgte, wenn er abends abwesend war, ging er nur noch selten lange einen trinken. So ist das, dachte er, eine Beziehung ist so. Man muss was dafür tun, dachte er, dabei tat er nichts für die Beziehung: Er opferte und unterließ.

Nachdem ihn die Erkenntnis, dass er sie nicht liebe, eines Abends überkommen hatte, hatte er ein schlechtes Gewissen. Er sagte sich, dass das nicht angehen könne, dass er sie lieben müsse, weil er sonst Verrat an sich selbst und an ihr beginge. Er beschloss, alles dafür zu tun, diesen Umstand zu ändern. Er begann, ihre getragene Wäsche mit ins Büro zu nehmen, ihr Schlaf-T-Shirt vor allem. Einmal stündlich, immer Punkt halb, roch er daran und versuchte, sich ihr Gesicht vorzustellen.

Er überredete sich dazu, sie anrufen zu wollen und es dann doch nicht zu tun, aus Angst, sie zu stören. Er setzte sich hin und schrieb die schönen Momente auf, die sie gemeinsam gehabt hatten, im Stile einer Liebesgeschichte. Er beschrieb ihr Haar im Mondschein, aber wenn er die Augen schloss und es sich vorzustellen versuchte, blieb es strähnig und blond. Abends, wenn er vor ihr nach Hause kam, öffnete er eine Flasche Roten, legte die CD ein, die er ihr einst gebrannt hatte, roch am Korken, schenkte sich einen Schluck ein, schwenkte das Glas, trank ein Schlückchen und zwang sich, zu den Liedern von CocoRosie mindestens zehn Minuten aus dem Fenster auf die Straße zu sehen, während er sich ihrer vergegenwärtigte.

Es half nichts. Sein Herz blieb störrisch. Es wollte nicht hopsen, wenn sie sich trafen, und auch wenn Jana in einer Bar ausdauernd und vertraulich mit fremden Männern sprach, wurde er nicht eifersüchtig. Selbst dann nicht, wenn sie sich häufig ins Haar griff und herausfordernd lachte. Selbst wenn, dachte er, ach komm.

Er wählte noch mal Janas Telefonnummer. Nach dem dritten Klingeln legte er auf, noch bevor die Mailbox ansprang.

Dabei war er sich sicher, dass er zur Liebe fähig war. Er war wohl 17 Jahre alt und sie auch, damals. Sie hieß Nina. Er hatte kein Bedürfnis danach, dieses Gefühl zu wiederholen, denn soweit er sich erinnerte, war es in erster Linie sehr zermürbend gewesen und hatte ihn nächtelang um den Schlaf gebracht. Er entsann sich einer dunklen Aufregung, die ihn umgetrieben und völlig hilflos gemacht hatte, so dass er sich noch heute unwillkürlich den Bauch rieb, sobald er sich daran erinnerte. Er nannte es »eine glückliche Zeit damals«, wenn er gezwungen war, davon zu sprechen, das sagte er jedoch nur, weil es alle sagten: Für alle seine Freunde war die erste große Liebe eine wichtige und prägende, ja, eine schöne Episode gewesen, er hatte noch nie Gegenteiliges gehört. Deswegen – und um erstaunte Nachfragen zu vermeiden – sagte er, wann immer er sich dazu gezwungen sah, es sei eine glückliche Zeit gewesen, und dachte weiter nicht daran.

Natürlich hatte er danach noch andere Beziehungen gehabt, das war die Moderne, so machte man das heute. Man ging Beziehungen ein, schlief miteinander, zog zusammen, hörte auf, miteinander zu schlafen und trennte sich irgendwann.

Er wusste auch von allen Frauen, mit denen er zusammen gewesen war, die Besonderheiten; Sandra gluckste unkontrolliert beim Lachen und zog immer die Augenbrauen hoch, wenn sie Fisch aß; Ines war nur unter einem Fuß kitzelig und konnte auf der

Straße nie rechts von einem gehen; Marion hatte besondere Fruchtbarkeitspunkte auf dem Rücken und konnte bis zu zwei Meter weit Tränenflüssigkeit aus den Augen schießen lassen. All das war liebenswert, das wusste er, charmante Eigenheiten. Daran hatte sich auch nach der Trennung nichts geändert, er sagte gerne, dass er sich mit allen seinen Exfreundinnen gut verstand, dass er ihnen nur das Beste wünsche.

Manchmal dachte er aber doch bei sich, er sei zur Liebe nicht fähig; man hatte ihn schon gefragt, ob er nicht vielleicht schwul sei. Er strengte sich an, an begehrenswerte Männer zurückzudenken, keiner fiel ihm ein. Natürlich hatte er schon einmal einen Mann geküsst, weil man das heute so macht. Wie man eben auch Frauen küsst, die meisten Menschen küsst man so: ein wenig Langeweile, ein bisschen Abenteuerlust, Alkohol, laute Musik, draußen ist es dunkel. Man küsst sich. Es interessierte ihn nicht sonderlich, das Hochgefühl hielt selten länger als ein paar Minuten. Er hatte auch schon One Night Stands gehabt, nicht mit Männern allerdings. One Night Stands interessierten ihn nicht, mit einer unbekannten Person zu schlafen war ihm unheimlich: Während des »Vorgangs«, wie er zu sagen pflegte, stellte er sich ständig die Frage, was man jetzt wohl von ihm erwarte, ob er das Richtige tat; nie kam jenes Feuer der ersten Nacht auf, von dem ihm berichtet worden war.

Natürlich masturbierte er, weil der Rotz ja rausmusste und er sich dann besser konzentrieren konnte. Es kam ihm aber wie eine Pflichtübung vor. Morgens, nachdem er aufgestanden war, nahm er sich fünf Minuten Zeit dafür im Bad. Er kam sich dabei immer häufiger lächerlich vor, wie er unter der Dusche stand und an sich herumschrubbte, als hinge ihm ein Wäschestück zwischen den Beinen.

Noch seltsamer kam ihm nur Sex vor. Man lag beieinander, küsste sich und griff sich in Körperregionen, die normalerweise tabu waren; irgendwann fing die Partnerin an zu stöhnen, es wurde geschwitzt. Es war ein völlig widerlicher Vorgang, fand er, all diese Sekrete, das Unkontrollierte. Dieses Bestialische. Er musste sich hin und wieder das Lachen verkneifen, wenn er sich selbst stöhnen hörte oder die Partnerin, und das Kreischen des Lattenrostes nötigte ihm auch jetzt noch ein Grinsen ab, das er für gewöhnlich verbarg, indem er seinen Kopf ins Kissen sinken ließ.

Wenn er mit Frauen schlief, tat er es aus Pflichtgefühl: Er verstand es als eine Art Kompliment an sie. Er gab sich auch immer Mühe, hatte wohl einige Erfahrung in oraler Befriedigung und sich ein paar Kniffe ausgedacht und angelernt, die reichten, ihm den Ruf eines soliden, wenn nicht sogar guten Liebhabers zu verschaffen. Das, immerhin, war ihm wichtig; und obwohl es in seinen Ohren furchtbar abgedroschen klang, versäumte er es nie, nach dem Akt zu fragen, wie »es« gewesen sei.

Er nahm ein drittes Mal sein Handy und wählte ihre Nummer, obwohl oder weil er wusste, dass sie nach ihren seltenen Streits das Telefon immer ausgeschaltet ließ, die Mailbox abschaltete und sich auch sonst so tot wie möglich stellte. Aber sie würde toben, wenn ihr Telefon ihr nach dem Wiedereinschalten keine verpassten Anrufe anzeigen würde. Er wusste, dass sie mit Anrufen alle fünf Minuten rechnete, doch das erschien ihm zu unglaubwürdig und inkompatibel mit seinem Gemüt: deswegen hatte er sich ausgerechnet, dass er zu Beginn alle fünfzehn Minuten anzurufen hätte, und, nach Ablauf der ersten Stunde, für kurze Zeit alle zehn Minuten; dann gar nicht mehr. Für gewöhnlich kam sie dann zwei Stunden später nach Hause und verwies ihn auf die Couch. Einmal hatte er es gewagt, dieses Ritual in der Form zu stören, als dass er die Couch schon hergerichtet hatte, mit aufgeschlagener Bettdecke; da war sie sehr wütend geworden und hatte ihn einen unsensiblen, berechnenden Saftsack genannt.

Saftsack fand er unangebracht.

Nach dem Pflichtanruf setzte er sich vor den Rechner: Er wollte mal sehen, wie das damals gewesen war mit ihm und der Liebe. Er tippte Ninas Namen ins Suchfeld ein, es gab wenige Ergebnisse, sie hatte einen recht ungewöhnlichen Nachnamen. Trotzdem tauchte erst auf Seite drei ein Ergebnis, das passen konnte: Ein PDF einer internationalen Universität in China. Der betreffende Artikel handelte von Austauschstudenten in Hongkong. Es schien sich um ein spezielles Programm zu handeln, das es Europäern erlaubte, dort Wirtschaftswissenschaften zu studieren für zwei Semester. Tatsächlich fand sich am Ende des Artikels ein Foto von Nina inklusive der Bemerkung, dass sie in ihrem bisherigen Werdegang auch schon für McKinsey gearbeitet habe.

Er sah erstaunt auf das Porträt. Sie trug ein Businesskostümchen und griente derart in die Kamera, dass er sich sofort vorstellen konnte, wie sie keifend aussehen musste. Sie hatte sich bis auf ein paar Restkilo zu einer, wie man landläufig sagt, Traumfigur heruntergehungert und trug dessen ungeachtet eine silberne, penetrant unauffällige Brille, dazu hatte sie sich ihre Locken geglättet und die Frisur gescheitelt. Ihr Blick richtete sich zielstrebig und gerade rechts an der Kamera vorbei, und sie stand, als hätte man sie angebunden vor vier Stunden, breitbeinig und fest zwischen zwei Bäumen, die sich Mühe gaben, sympathisch auszusehen.

Er versuchte sich an die Orte zu erinnern, an denen sie sich geküsst hatten, und diese Erinnerungen in Einklang zu bringen mit dem, was er auf dem Foto sah. Nichts mehr erinnerte an das etwas pummelige, ein wenig verträumte Mädchen, das ständig wegen ihrer Unachtsamkeit über Bordsteine gefallen war und sich deswegen bereits einen Mittelhandbruch und zwei Bänderrisse zugezogen hatte, einmal sogar, nach einem frontalen Zusammenstoß mit einer Straßenlaterne, ein Stück des linken Schneidezahns eingebüßt hatte. Sie war ein viertel Jahr mit der Lücke durch die Gegend gelaufen, weil sie immer wieder die Zahnarzttermine vergaß, oder, wie man damals sagte, »verpeilte«. Später hatte sie gerne an Lagerfeuern gesessen und die meiste Zeit damit verbacht, Hippiemusik zu hören; trotzdem hatte sie ein gutes Abitur gemacht, aber zu dem Zeitpunkt hatten sie sich bereits getrennt; so verloren sie sich aus den Augen.

Und jetzt Wirtschaftswissenschaften. McKinsey.

Er bekam einen Schweißausbruch und versuchte, Jana anzurufen; diesmal hoffte er inständig, sie würde ans Telefon gehen. Stattdessen meldete sich erneut die Mailbox. Er stammelte ein paar verwirrte Entschuldigungen in den Hörer und schwieg dann lange, bevor er einen Satz sagte, von dem er selbst überrascht wurde:

»Ich liebe dich.«

Dann legte er auf. Weil er aus amerikanischen Serien gelernt hatte, dass dies der geeignete Augenblick für etwas zu trinken war, lief er in die Küche und schenkte sich – in Ermangelung des Whiskeys, den er hätte trinken wollen – ein Glas Prosecco ein, Prosecco war immer im Haus.

Nina und er waren in einer kleinen Stadt aufgewachsen; sie hatten sich erst spät kennengelernt, nach den ersten Erfahrungen. Geschichten. Feuerchen. Aufregungen. Die bei ihm nicht sehr zahlreich gewesen waren – weniger jedenfalls, als ihm dazu Synonyme einfielen.

Denn an der Schwelle zur Pubertät hatte für ihn ein Martyrium begonnen: Da seine Sexualhormone sich als ebenso nachlässig und gemütlich erwiesen wie er, dauerte es lange, bis er Ansätze einer Schambehaarung entwickelte oder gar Bartwuchs. Er blieb lange Junge, als der Rest seines Jahrganges bereits zum Mann wurde. Während seine Freunde begannen, sich wechselseitig die fortschreitende Behaarung ihrer Beine vorzuzeigen, saß er daneben und hoffte, niemand würde auf ihn aufmerksam werden. Mit den Haaren begann bei den meisten auch das Interesse am anderen Geschlecht zu wachsen. Es dauerte kaum ein halbes Jahr, bis die Älteren unter ihnen von dieser oder jener Eroberung zu sprechen begannen und nicht nur den Fortschritt ihrer Körperbehaarung diskutierten, sondern auch die Beschaffenheit der Lippen und der Brüste der weiblichen jugendlichen Dorfbewohner-

schaft. Währenddessen besah er sich seine glatten, mäd-
chenhaften Beine, er besah sich seine kahle Brust und
zögerte; bei der Betrachtung all der Biancas und Betti-
nas in seiner Schule, in seinem Musikverein und auf
den Plätzen, die für gewöhnlich als Treffpunkt der, wie
man im Dorf sagte, »jungen Leute« herhielten, regte
sich nichts bei ihm. Es interessierte ihn nicht, und
wenn – was vorkam, denn er war als Kind recht
hübsch gewesen – ein Mädchen aus der Nachbarschaft
sich ihm mit undefinierten Absichten näherte, stand
er meistens derart stumm in ihrem Gespräch herum,
dass sie ihrerseits bald das Interesse verlor.

Stattdessen las er viel, vor allem fatalistische Liebes-
romane. In der Hoffnung, seine verfehlte körperliche
Entwicklung geistig ausgleichen zu können, verging
er sich Mal um Mal am Bücherschrank seiner Eltern.
Der war angefüllt mit Altbeständen seiner Mutter, die
– bevor sie Mutter geworden war – in erster Linie die
ollen Franzosen gelesen hatte. Durch seine fortwäh-
rende Lektüre erwachte zwar nicht sein Interesse am
Sex, wohl aber erweiterte sich sein Wortschatz und
seine Vorstellungskraft. Konsequenterweise hielt er
die Jungs aus seiner Nachbarschaft für die Unreifen,

weil jene in so ungehobelten, unsauberen und undifferenzierten Worten von den jeweils Begehrten sprachen.

An lauschigen Sonntagnachmittagen saß er im Garten und träumte von älteren Frauen, die seiner würdig wären. Oder derer er würdig war.

Erst mit sechzehn wurde er, wie er es später zu nennen pflegte, »reif«; seine Eltern hatten sich schon Sorgen gemacht, ob er nicht unter hormonellen Störungen litt, da er augenscheinlich kein Interesse an den Partys zeigte, als er eines Tages am Mittagstisch versehentlich einen an Nina adressierten Brief in rotem Umschlag aus dem Ranzen schüttete. Eigentlich, das wusste auch er, war die Zeit der Liebesbriefe mit 16 bereits passé, aber er war auf Grund seiner ungewöhnlichen Lektüre und dem Eindruck, den diese bei ihm hinterlassen hatte, unempfindlich gegenüber solchen Moden; wann Liebesbriefe albern wurden und wann sie angebracht waren, hatte er zu entscheiden, und zwar er allein. Es handelte sich schließlich um seine Leidenschaft.

(Er war in einer Phase, da er statt »Gefühl« immer »Leidenschaft« zu sagen pflegte. Aus dieser Epoche

stammte auch ein Gutteil seiner Sammlung an Gedichtbänden.)

Adressatin seines Briefes war eben jene Nina, mit
der er kurze Zeit zuvor während eines zufälligen Zu-
sammentreffens in einem Café das Wesen der Liebe
diskutiert hatte, worüber sie unterschiedlicher Meinung waren. Betört von ihren Locken und dem pene-
tranten Geruch ihres süßlichen Parfums, hatte er, verwirrt und ein wenig verängstigt, von der Liebe insgesamt Abstand genommen und ihre Existenz strikt
verneint, was ihrerseits auf Widerspruch gestoßen war.
Sie hatte, als einzige Tochter aus wohlhabendem Haus,
die Zeit ihrer Bewusstwerdung wie er damit verbracht,
romantische Gefühle aufzustauen. Beeindruckt von
seiner Belesenheit, war sie doch entsetzt von der Tatsache, dass er die Liebe, auf die sie einen großen Teil ihre
Zukunftshoffnungen projizierte, schlicht abtat. Nach
der Diskussion hatte sie die Nacht über vor Wut nicht
schlafen können; als sie nach einigen Tagen seinen
Brief in Händen hielt, der seine Position noch einmal
erläuterte, war sie einerseits freudig verwirrt, anderer-
seits aber maßlos bereit, sich zu ärgern. Ihr geharnisch-
tes Antwortschreiben darüber, dass sein Leben nicht

lebenswert sei, wenn er nicht bereit sei, Gefühle zu geben, schloss sie mit Hesses »Stufen«, wofür sie sich noch Jahre später schämen sollte.

Jedenfalls, um eine Wochen andauernde Anbahnung auf ein gesundes erzählerisches Maß zurechtzustutzen, überzeugte sie ihn schließlich davon, dass zwar Liebe an sich nach wie vor vielleicht nicht existiere, ihr Duft und ihre Locken aber sehr wohl und er ihnen auch durchaus zu erliegen habe; was er tat. So waren sie zusammengekommen, und im Rausch der ersten Zeit vergaß er nicht nur seine Skepsis, sondern gab sich ganz der Illusion hin, er könne doch etwas wie eine Seele haben und sie habe sie berührt.

Die Illusion allerdings, wie er später zu sagen pflegte, »hielt nicht lange«. Tatsächlich langweilte er sich bald, wenn sie zu zweit waren, und ihre Körperlichkeit erschien ihm unangebracht. Von Haus aus gerne allein, stürzte er sich an den Sonntagnachmittagen der Langeweile, die sie in ihrem oder seinem Zimmer, in ihrem oder seinem Elternhaus verbrachten, in eine ihm später unangenehm werdende zwischenkörperliche Aktivität. Sie schliefen täglich miteinander, und er fing an, sich darüber zu informieren, was einen

114

guten Liebhaber ausmachte, um selbst einer zu werden.

(Tatsächlich begann er schon nach wenigen Wochen, sich sonntagnachmittags zurück in seinen Garten zu wünschen.)

In verschiedenen Publikationen zum Thema fand er Unglaubliches zur Durchschnittslänge eines mitteleuropäischen Genitals, zur angemessenen Dauer eines Geschlechtsaktes und zur Beschaffenheit der »perfekten Nacht«. Verunsichert und verwirrt von all den Rekorden, und in der ehrgeizigen Denke erzogen, gut zu sein in dem, was man macht, frustrierte ihn bald die Einsicht, auf diesem Gebiet nichts Aufsehenerregendes leisten zu können.

In dem fortwährenden Wunsch seiner Krämerseele, in alltäglichen Superlativen zu leben, dabei jedoch unvernünftige Risiken zu scheuen, entdeckte er für sich schon bald ein anderes Segment auf dem Beziehungsmarkt: den sanftmütigen Versteher.

Das aber kam erst nach Nina, oder zu einem Zeitpunkt, als ihre Liebe schon im Untergehen begriffen war. Tatsächlich stritten sie sich schon nach kurzer Zeit häufiger, denn es stellte sich heraus, dass er kein weißer Ritter war und auch niemals werden würde: nur ein überambitionierter junger Mann, der später, ohne das jetzt schon zu wissen, in die Stadt ziehen würde, um als Teil der Kreativwirtschaft ein bescheidenes Dasein zu fristen. Sie hingegen hatte für sich die Welt vorgesehen, zwar träumte sie noch immer hingebungsvoll, ihre Träume waren allerdings materieller geworden.

Dank diverser Jugendmagazine über Wohnungspreise in London und New York auf dem Laufenden, begann sie, die bisher völlig sorglos vom Geld ihres Vaters in den Tag gelebt hatte, sich Sorgen um die finanzielle Kehrseite all ihrer Projekte und Wünsche zu machen. Wenn sie in einem Fernsehfilm ein Haus sah, das ihr besonders gut gefiel, dachte sie nicht länger darüber nach, was man daran alles verändern könne und wohin der Pferdestall gebaut werden müsse, sondern, welche Mittel zur Investition man zur Verfügung haben müsste, um sich Haus und Umbau leisten zu können.

Während er von einem Tag zum anderen lebte, dachte sie schon an Galerieeröffnungen, die sie in New York feiern wollte, Opernbesuche in Sydney und eine kleine Wohnung auf den Champs Elysées. Ihr war bewusst, dass ihr momentaner Einfluss auf die Zukunft gering war; einzig durch hervorragende Schulnoten konnte sie sich einen guten Studienplatz sichern. Sie begann, wie ein Stier zu lernen. Da aber ihre Leistungen noch immer nur gut blieben, während er mit Leichtigkeit und ohne große Anstrengung die besten Noten erhielt, versank sie nach und nach in Folterfantasien, zunächst gegen die Lehrer, später gegen ihn. Sie beschuldigte ihn, er halte ihr ihre mangelnde Perfektion wie ein ungünstig ausgeleuchteter, großer Spiegel ständig vor Augen; den Konflikt sprach sie jedoch nicht direkt an. Stattdessen suchte sie nach seinen Schwachpunkten, kritisierte mal seinen mangelnden Kleidungsgeschmack, mal seine Vergesslichkeit, ein andermal wieder tat sie, als ekele sie sich vor ihm und seinem Körpergeruch. Sie fand Freude daran, ihn so lange aufzuziehen, bis er aus seiner Trägheit erwachte und ihr Widerworte gab, bis sie sich stritten, über Banalitäten, wie er im Nachhinein immer zu sagen pflegte. Da er ihr aber nicht lange böse sein konnte und sie sich ob ihrer Niedertracht schämte, versöhnten sie sich für gewöhnlich bald.

Die Versöhnung feierten sie mit der Form Sexualritual, wie sie es später in amerikanischen Serien wiederentdecken sollten: ein bisschen brutal, zumindest wenig liebevoll, und sehr schweißtreibend. Es glich mehr einem Ringkampf denn tatsächlich der innigen Umarmung, wie er sie in den Gedichtbänden besungen fand, die sich damals auf seinem Nachttischchen stapelten. Noch Jahre später konnte er sich, wenn er sich an den Sex mit ihr erinnerte, nicht entscheiden, wer von ihnen beiden diese Intimschlacht gewonnen haben könnte.

So in der Erinnerung verstrickt, fiel ihm der auf den Tisch bereit gelegte Telefonhörer ins Auge; er hatte vergessen, den Rhythmus einzuhalten und Jana rechtzeitig anzurufen. Der letzte Anruf lag nun schon zwei Stunden zurück. Das würde sie ihm als mangelndes Interesse und als Bestätigung ihrer vorher laut geäußerten Befürchtung auslegen, er kümmere sich keinen Deut um sie und sie sei ihm gleichgültig. Einmal hatte er ihr geantwortet, dass sie doch bitte nicht ihre Zweifel an sich selbst auf die Beziehung umdeuten sollte, und nur weil sie nicht viel von sich hielt, könne er da durchaus anderer Meinung sein; tatsächlich war sie dann zwei Wochen zu ihrer Mutter an die Nordsee gefahren und er hatte zum ersten Mal in der Beziehung mit ihr die Befürchtung gehabt, es könne endgültig aus sein.

Ansonsten hatte er sich darauf eingestellt, dass sie bisweilen Dispute nötig hatte und dass diese nach ihren Regeln zu laufen hatten. Er glaubte, sich damit abgefunden zu haben, nicht perfekt zu sein, und gestand ihr deswegen gerne zu, ihm gegenüber ausfallend zu werden dann und wann. Er betrachtete diese Ausbrüche als ein Ventil. Und ihre Beziehung als eine Art Maschine.

Tatsächlich quälte ihn dann und wann der Gedanke an seine mangelnde sexuelle Aktivität. Er hatte den Verdacht, abartig zu sein; da alle Welt über ein spannendes und abwechslungsreiches Sexualleben zu verfügen schien, stellte er sich hin und wieder die Frage, was er wohl falsch gemacht habe. Zweifel überkamen ihn und er zwang sich bisweilen, sich zu interessieren. Wenn er auf Caféterrassen saß, kam es vor, dass er aus Pflichtgefühl kurzen Röcken hinterhersann.

Aber keine Frau interessierte ihn ernsthaft. Am Anfang ihrer Beziehung hatten Jana und er regelmäßig

Sex gehabt; sie war es, die für gewöhnlich die Initiative ergriffen hatte, während er erst begann mitzumachen, nachdem sie sich an ihn herangerobbt hatte. Sie spürte wohl, dass es ihm gleichgültig war, ob sie mit ihm schlief oder nicht, und das kannte sie so bisher noch nicht. Ihre vorigen Partnerschaften hatten ihren Charme zur Hälfte aus den nächtlichen Aktivitäten bezogen; dass jemand mit ihr zusammensein wollte, ohne dass Triebe im Spiel waren, verwirrte sie ein wenig. Doch es imponierte ihr auch.

Sie sprachen wohl ein oder zweimal darüber, dass es im Bett nicht so gut »klappte«. »Hinhaute«. »Funktionierte«. Er beteuerte, dass sich das schon geben würde, und sie hob die Hand, um zu sagen, dass sei kein zentraler Punkt ihrer Beziehung – aber seltsam sei es schon. Es sei nicht entscheidend für ihr Zusammensein – aber komisch komme sie sich schon vor. Es sei nicht von Bedeutung – aber doch irgendwie unerwartet. Er nickte und hoffte, die Zeit würde ihre Erwartungen zurechtrücken.

Nach ein paar Monaten war von ihren vergeblichen Bemühungen, ihrer Beziehung ein körperliches Alleinstellungsmerkmal aufzuzwingen, nichts mehr übrig.

Das Thema hatte sich wohl erledigt; trotzdem fühlte er sich hin und wieder unwohl. Immer, wenn im Fernsehen eine Sexszene gezeigt wurde, zuckte er zusammen. Wenn an Kneipentischen die Gespräche unter Freunden und Bekannten darauf kamen, ging er zur Toilette oder eine rauchen. Er wendete auch häufiger den Blick ab bei freizügigen Werbeplakaten und las keine Artikel mehr aus der Panorama-Sektion.

Es gab Tage, da zweifelte er besonders an sich und seiner Männlichkeit. Nicht mit Jana zu schlafen kam ihm dann vor wie ein Beweis seiner Unzulänglichkeit. Dann ertrug er ihre Nähe nicht. Er war dann unleidlich, besonders zu ihr: Da er sich selbst als unvollständiges, unvollkommenes Wesen wahrnahm, konnte es mit ihrer Außergewöhnlichkeit ja nicht weit her sein. Weil er sich nur als bestenfalls mittelmäßig empfand, war sie es in seinen Augen auch – da sie ja bei ihm blieb. Da sie ihm ja gestattete, bei ihr zu bleiben.

Abends wartete er dann, bis sie fest eingeschlafen war, bevor er sich neben sie legte. Er betrachtete ihr Gesicht, das im Schein der Nachttischlampe zuckte, und sah die kleinen, leichten Faltenansätze um die Augen, die drei geplatzten Äderchen auf der Nase, ihre hängenden Mundwinkel, und es durchströmte ihn Erleichterung. Nicht, weil er nicht mit ihr schlafen musste; sondern nur, weil sie da lag und schnarchte.

Das waren Momente großer Einfachheit.

Über solche Gedanken war er beim dritten Glas Sekt angekommen. Leicht angesäuselt stellte er sich die Frage, ob er sich so sicher sei, sie nicht zu lieben. Er sagte es laut. »Bist du dir denn so sicher«, sagte er, »dass du sie nicht liebst?«

Und er beschloss zu tun, was er noch nie zuvor in seinem Leben getan hatte: Er ging zur nächsten Tankstelle, kaufte Blumen und Pralinen, malte ein Herz auf ein Post-it, klebte es an die Pralinenschachtel und stellte das Paket derart in den Wohnungsflur, dass Jana auf jeden Fall darüber stolpern würde, sobald sie nach Hause kam.

Dann legte er sich nieder, roch an ihrem Kissen und schlief beunruhigt ein.

VERBRECHER VERLAG

Marc Degens
UNSERE POPMODERNE
Kolumnen

Broschur
160 Seiten
13 €

ISBN: 978-3-940426-59-8

Erfundene Literatur erfreut sich großer Beliebtheit. Von François Rabelais existieren seitenlange Aufzählungen von Phantomwerken, Charles Dickens füllte ein ganzes Regal mit Attrappen erfundener Bücher. Jorge Luis Borges, Sir Arthur Conan Doyle, Joanne K. Rowling und Jonathan Swift zitieren erfundene Werke. »Unsere Popmoderne« ist einer der originellsten Beiträge zur fiktiven Literatur. Zwei Jahre lang veröffentlichte die FAZ die Kolumne, in der Marc Degens Ausschnitte aus literarischen Büchern der Gegenwart, samt kurzen Erläuterungen zu Autor und Werk präsentierte. Die zitierten Texte waren jedoch allesamt erfunden. Das sorgte in der FAZ-Redaktion für zahlreiche Anfragen von ratlosen Buchhändlern. Die Sammlung wurde 2005 als Buch veröffentlicht. Seither setzt Marc Degens die Kolumne in der Literaturzeitschrift Volltext fort. Diese Ausgabe von »Unsere Popmoderne« bietet ein Best-of aus zehn Jahren – mit vielen erstmals in Buchform veröffentlichten Texten.

Verbrecher Verlag Gneisenaustraße 2a 10961 Berlin
www.verbrecherei.de info@verbrecherei.de

VERBRECHER VERLAG

Egon Neuhaus

SPINNEWIPP

Autobiographischer Roman

Originalausgabe

200 Seiten
Broschur
13 €

ISBN: 978-3-940426-01-7

»Als ich am 25. Juni 1922 in der westfälischen Fabrikstadt Lüdenscheid das gebrochene Licht in einem Mietshaus erblickte, war's gerade rot auf dem Kalenderblock.« Der kleine Egon Neuhaus ist ein Sonntagskind. Und sehr dünn, ein »Spinnewipp«, ein Spinnweben. Bald geht die Ehe der Eltern in die Brüche, das Kind wird zur Großmutter gegeben. 1933 stirbt die Oma, und der »Spinnewipp« kommt ins Heim. Spätestens dort entdeckt er seinen rebellischen Geist. Er wird bald zur Landarbeit gezwungen, reißt aus, erlebt die erste Hälfte des »Dritten Reichs« hauptsächlich in Erziehungsanstalten, den zweiten Teil überlebt er knapp in der Wehrmacht. 1945 gerät er in russische Gefangenschaft, 1947 kehrt er heim. Da er keine Arbeit findet, schlägt er sich als Schmuggler, auf dem Bau und später als »Goldgräbern« als Schrottsammler durch. Er wohnt in Dortmund in einem ehemaligen Luftschutzbunker, von den Bewohnern ironisch das »Paradies« genannt. Nebenher beginnt er zu zeichnen. Nach der Währungsreform schließlich verlässt Neuhaus den Bunker und die Schrottplätze, um in München ein neues Leben zu suchen.

»Spinnewipp« ist nicht einfach eine Autobiographie, sondern ein eminent komischer, mitunter einen derben Ton pflegender Roman, der das eben all jener schildert, die unter den Nazis, im Krieg und im Nachkrieg ganz unten waren. Dabei wird nichts beschönigt und nichts verschwiegen. Ein beeindruckendes Dokument.

Verbrecher Verlag Gneisenaustraße 2a 10961 Berlin
www.verbrecherei.de info@verbrecherei.de

VERBRECHER VERLAG

Kolja Mensing

MINIBAR
Erzählungen

Originalausgabe

144 Seiten
Broschur
13 €

ISBN: 978-3-935843-81-2

Die Figuren in »Minibar« haben auch mit Mitte Dreißig noch das Gefühl, ganz am Anfang zu stehen. Die Protagonisten seiner kurzen und streng durchkomponierten Erzählungen leben in der Großstadt. Sie wohnen in renovierten Altbauwohnungen und anonymen Hotelzimmern, treffen sich auf der Dating-Line zum schnellen Sex und flüchten sich vor der schweren Last der Zufriedenheit in die zerbrechliche Welt der eigenen Kindheit.

»Kolja Mensing erzählt Geschichten, übrigens mit beachtlicher literarischer Potenz, und entkommt durchgängig souverän der Gefahr der billigen Häme wie auch der Nostalgie.«
Jochen Schimmang

»Konferenznomaden, Tagungshotels, Warteschleifen: Selten findet man so viel Gegenwart in so wenig Text. Mensings Minibar enthält poetische Stenogramme aus unseren Transiträumen. Minidramen ganz ohne Theater – die schönsten Storys der Saison.«
Stephan Maus, Stern

Kolja Mensing wurde 1971 in Oldenburg geboren. Er arbeitet als freier Kritiker für FAZ, taz, Tagesspiegel und Deutschlandradio.

Verbrecher Verlag Gneisenaustraße 2a 10961 Berlin
www.verbrecherei.de info@verbrecherei.de

VERBRECHER VERLAG

Sarah Schmidt

BITTE NICHT FREUNDLICH
Geschichten

160 Seiten
Broschur
12 €

ISBN: 978-3-940426-61-1

»Bis vor kurzem, als hier noch nicht diese widerliche und verlogene Freundlichkeit vorherrschte, war das Schönste im Berliner Alltag die Herausforderung: Wer ist fieser? Der Verkäufer oder der Kunde? Das war spannender und fairer Wettkampf und glücklich war ich, wenn beispielsweise der Busfahrer beim Fahrscheinverkauf aus Versehen ein bisschen netter war als ich und darum verloren hatte. Die Anerkennung, die dann aus seinen Augen blitzte, dieses ›Respekt, junge Frau!‹, machte mich glücklich.«

Der Tabakhändler wird von Videokameras auf Freundlichkeit getrimmt, im Bus beschimpfen sich Jugendliche, wie verflucht man Nichtraucher, wie verhält man sich, wenn man mit der eigenen Zukunft telefoniert, wie begegnet man Friedrich Merz, wer rettet die Kartoffel Linda? Sarah Schmidt erhellt erneut unseren Alltag und seinen Wahnsinn!

Verbrecher Verlag Gneisenaustraße 2a 10961 Berlin
www.verbrecherei.de info@verbrecherei.de

VERBRECHER VERLAG

Anton Waldt

AUF DIE ZWÖLF
Kurzgeschichten

*Mit Illustrationen von
Harthorst*

128 Seiten
Broschur
13 €

ISBN: 978-3-940426-56-7

»Tom frühstückt Schnapsmüsli und Acid-wurst.« Tom ist Raver. Tom nimmt Drogen. Tom säuft. Tom ist immer geil. Anton Waldt schrieb die Abenteuer des trotteligen Rave-Helden Tom in den vergangenen zehn Jahren zunächst für den Partysan Berlin, später waren Toms Rave-Erlebnisse auf den Monatsflyern des Clubs Berghain zu lesen. Die Geschichten sind legendär. Nun sind die besten dieser Kurzgeschichten erstmals in Buchform zu haben: »Toms Schwanz schmerzt wie Sau. Finally abgenutzt, offensichtlich. Tom summt: ›Es ist ne schmale Linie zwischen Liebe und Hass.‹ Tom sucht und findet den Darkroom-Putz-lichtschalter. Tom konsultiert sein Hirn. Kein Resultat. Tom knipst und brüllt: ›Stimmung!‹ Im Taxi vom Krankenhaus nach Haus be-schließt Tom auszuschlafen.«

Verbrecher Verlag Gneisenaustraße 2a 10961 Berlin
www.verbrecherei.de info@verbrecherei.de